www.tredition.de

AF197833

Gerhard Hell

Nanosearch

Der unsichtbare Tod

© 2016 Gerhard Hell

Verlag: tredition GmbH, Hamburg

ISBN
Paperback: 978-3-7345-5434-6
Hardcover: 978-3-7345-5435-3
e-Book: 978-3-7345-5436-0

Printed in Germany

Prolog

Dr. Helmar Sigurdson hatte seit Tagen irgendwie ein ungutes Gefühl. Ahnte er vielleicht, was ihn erwartete? Als anerkannter Wissenschaftler auf dem Gebiet der Nanotechnologie hatte er am 20. Juni 2033 in Berlin einen Vortrag zum Stand der Forschung gehalten. Statt abends an einem Abendessen teilzunehmen, fuhr er jedoch direkt nach Leipzig. Er hatte für den nächsten Tag eine Einladung der Universität Leipzig zu einem Gastvortrag erhalten. Deshalb wollte er nicht unter Zeitdruck geraten und erst am nächsten Tag nach Leipzig fahren.

Die Veranstaltung fand am darauffolgenden Tag in einem der großen Hörsäle der Universität Leipzig statt. Dr. Sigurdson folgte zunächst einer Einladung des Rektors der Universität zu einem Empfang. Dort lernte er einige führende Wissenschaftler und Lehrkräfte der Universität Leipzig kennen. Nach einem kurzen Smalltalk brachte ihn der Rektor der Universität, Prof. Beck, zum Hörsaal. Dieser war bis auf den letzten Platz besetzt. Sogar auf den Treppenstufen saßen Studenten, die anderweitig keine Sitzmöglichkeit gefunden hatten.

Während seines Vortrages sprach Dr. Sigurdson über die Möglichkeiten und Risiken der Anwendung von Nanotechnologie in der Medizin. Jede neue Technologie eröffnete aus seiner Sicht viele Möglichkeiten, konnte aber auch missbraucht werden.

In den letzten Jahren hatten sich verschiedene Universitäten und Unternehmen intensiv mit der Erforschung von Nanopartikeln für medizinische Zwecke befasst. Eines der Hauptziele der Forschung war die Entwicklung von Nanopartikeln als Transportsysteme für kleine Moleküle im menschlichen Körper. Nach jahrelanger Forschung war es jedoch bisher nicht gelungen, entsprechend zuverlässige Systeme zu entwickeln. Aus sicherer Quelle wusste Dr. Sigurdson, dass zahlreiche Pharma-Unternehmen wegen des Potentials dieser Forschungen Kooperationsprojekte mit Universitäten und Unternehmen vorbereiteten oder vereinbart hatten. Daneben gab es auch Unternehmen, über deren Absichten überhaupt nichts bekannt war. Als Beispiel nannte er das Unternehmen Nanosearch mit Sitz in den USA. Er beklagte zudem, dass die Pharmaunternehmen aus den von ihnen getätigten Investitionen das Recht ableiteten, Neuentwicklungen nur entsprechend zahlungskräftigen Patienten zur Verfügung zu stellen. Diese Herangehensweise erfüllte Dr. Sigurdson regelmäßig mit Zorn. Dass moderne Medikamente und Therapien nicht den Armen dieser Welt zugänglich sein sollten, fand er als ethisch nicht vertretbar.

Gegen 19:00 Uhr war die Veranstaltung zu Ende. Gemeinsam fuhr man zu einem Restaurant auf dem Gelände der Universität, welches sich im Dachgeschoss eines mehrstöckigen Gebäudes befand. Nach dem Abendessen lockerte sich die Gesellschaft etwas auf. Da Dr. Sigurdson ein höflicher Gast war, versuchte er, mit allen Anwesenden zu sprechen, obwohl er nicht bei bester Laune war. Er wartete seit Tagen auf eine E-Mail zur Bewilligung von Fördermitteln für eines seiner Projekte, die er bis jetzt nicht erhalten hatte. Es nützte auch nichts, dass er in der Hoffnung auf eine Nachricht ständig auf sein Handy schaute. Es war bereits nach 22:00 Uhr, als er beschloss, noch ein Glas Sekt zu trinken und sich danach zu verabschieden. Kaum hatte er sich ein Glas gegriffen, kam der Rektor der Universität auf ihn zu und verwickelte ihn in ein wissenschaftliches Gespräch. „Es war ein recht aufschlussreicher Vortrag Ihrerseits. Mich würde aber interessieren, wie lange es aus Ihrer Sicht noch dauern könnte, bis die Entwicklung von

Nanotransportsystemen praxistaugliche Ergebnisse hervorbringen wird."

Dr. Sigurdson antwortete: „Das ist eine schwer zu beantwortende Frage, da sich bei einem technologischen Durchbruch die Entwicklung von solchen Transportsystemen stark beschleunigen wird. Man darf aber dabei nicht nur an komplizierte Mini-Transporter denken, sondern auch an sehr einfache Systeme, die es erlaubten, beispielsweise Krebserkrankungen besser behandeln zu können. An unserem Institut in Oslo arbeiten wir derzeit an einfach gestalteten Nanopartikeln, die in kleinste Gefäßabschnitte eines Tumors eindringen und sich an Zellwände anlagern können. Unsere Versuche, solche Partikel mit Antikörpern zu verknüpfen, machen bereits ganz gute Fortschritte. Unsere Arbeit wurde übrigens durch Forschungen inspiriert, die bereits vor etwa 20 Jahren in Südkorea an der Yonsei University mit Metallpartikeln gemacht wurden. Es bedarf jedoch weiterer intensiver Forschungen, um dieses Prinzip praxistauglicher zu machen. Falls wir eine einfache Technik zur Verknüpfung von Antikörpern entwickeln könnten, wäre das sicher ein großer Fortschritt."

„Das ist sehr interessant", sagte der Rektor. „Jedoch sind noch zahlreiche Fragen zu klären, beispielsweise, welche Wirkung kleinste Partikel auf die Funktion von Zellen, Enzymen oder Rezeptoren haben können. Da die Partikel wahrscheinlich sehr lange im Körper verbleiben, ist es durchaus vorstellbar, dass negative Auswirkungen auftreten können, über die wir heute noch sehr wenig wissen." Dr. Sigurdson konnte dies nur bestätigen: „Deshalb haben wir einen anderen Weg eingeschlagen. Wir experimentieren mit Käfigmolekülen, die hoffentlich Zellen nicht schädigen. Sie sollen den eigentlichen Wirkstoff abschirmen, so dass das Immunsystem diesen nicht angreift. Die Kopplung mit Antikörpern bereitet uns momentan noch ein paar Probleme. Wir sind jedoch überzeugt, diese in absehbarer Zeit zu lösen."

Er diskutierte noch eine ganze Weile mit Prof. Beck über die Wirkungsweise von Nanopartikeln im menschlichen Körper. Obwohl er beschlossen hatte, in sein Hotel zu fahren, blieb er dennoch, um sich von seinem Ärger abzulenken, dass sein Institut offenbar den Zuschlag für die Fördermittel immer noch nicht erhalten hatte.

Inzwischen war es spät am Abend. Er ging auf die Dachterrasse, um den Ausblick auf die Stadt und die frische Luft zu genießen. Er überlegte, ob er morgen vielleicht die Innenstadt erkunden und noch einen Tag länger in Leipzig bleiben sollte. Das würde ihm außerdem die Möglichkeit eröffnen, sich kurzfristig mit einigen Wissenschaftlern zu treffen, die ihn herzlich eingeladen hatten, über Lösungsansätze zur Herstellung von Nanopartikeln zu diskutieren. Er war noch ganz in Gedanken versunken, als plötzlich sein Handy klingelte. Er sah auf das Display, auf dem der Eingang einer E-Mail angezeigt wurde. Mit einem Schlag war er hellwach und hoch konzentriert. Mit zitternden Fingern öffnete er die E-Mail. Er traute sich zuerst gar nicht, den Inhalt zu lesen, weil er befürchtete, dass sein Antrag auf Fördermittel nicht bewilligt worden war. In der Nachricht stand:

„Sehr geehrter Herr Dr. Sigurdson,

hiermit teilen wir Ihnen mit, dass ihr Fördermittelantrag zur weiteren Erforschung von Nanopartikeln bewilligt worden ist. Im Anhang zu dieser Nachricht finden Sie einen Vertrag mit weiteren Angaben und Einzelheiten, wie Höhe des Zuschusses, Modalitäten zur Auszahlung, etc.

Bitte bestätigen Sie uns umgehend den Erhalt dieser Nachricht und senden Sie uns ein unterschriebenes Exemplar des Vertrages schnellstmöglich zu.

Wir wünschen Ihnen viel Erfolg bei der Umsetzung ihres Forschungsprojektes.

Hochachtungsvoll

Danielle Delacroix

Geschäftsführerin

Stiftung für die Förderung

innovativer Forschung und Entwicklung"

Sein Herz klopfte wie wild. Er konnte es noch gar nicht fassen, dass er nun doch seine Forschung wie geplant fortsetzen durfte. Er tippte auf den Anhang, um ihn zu öffnen. Statt eines Text- Dokumentes sah er aber leider nur ein schwarzes Display, auf dem einige weiße Lichtblitze erschienen. Dazu gab sein Handy ein paar hässliche Kratzgeräusche von sich. Prompt ärgerte er sich, weil aus seiner Sicht die Technik wieder einmal dann versagte, wenn er sie am dringendsten brauchte. Aber letztendlich war es egal, denn er konnte ja im Hotel auf seinem Laptop auf den Institutsserver zugreifen und dort seine Nachrichten nochmals anschauen. Jetzt konnte ihn nichts mehr davon abhalten, sofort ins Hotel zurückzufahren. Er machte sich auf den Weg von der Dachterrasse zurück ins Restaurant, um sich von seinen Gastgebern und den anderen Partygästen zu verabschieden. Als er die Treppe nach unten erreichte, überkam ihn eine leichte Übelkeit, die schnell zunahm. Ihm wurde heiß, sodass er den oberen Knopf seines Hemdes öffnete, um besser Luft bekommen. Er wollte, so schnell wie es ging, die Treppe hinuntergehen. Plötzlich wurde ihm schwarz vor Augen. Er spürte noch, wie er das Gleichgewicht verlor und die Treppe hinabstürzte, dann verlor er das Bewusstsein.

Unterdessen neigte sich die Party im Restaurant ihrem Ende zu. Eine allgemeine Aufbruchsstimmung machte sich breit. Auf dem Weg zum Ausgang fragte einer der Doktoranden Prof. Beck, ob er sich morgen noch einmal mit Dr. Sigurdson treffen würde. Prof. Beck sagte ihm, dass nichts geplant war, da er annahm, dass Dr. Sigurdson zurück nach Norwegen fliegen würde. Er fragte den Doktoranden, ob er Dr. Sigurdson gesehen habe, dann könne man ihn ja gleich fragen. Der Doktorand erinnerte sich, dass er Dr. Sigurdson vor einiger Zeit auf dem Weg zur Dachterrasse gesehen hatte. Prof. Beck fragte noch einige andere, ob Dr. Sigurdson ins Hotel gefahren war. Jedoch hatte niemand gesehen, dass er das Restaurant verlassen hatte. Außerdem hätte er sich mit Sicherheit von den anderen Gästen verabschiedet. „Wo ist er?", fragte Prof. Beck die Anwesenden. Die naheliegende Erklärung für ihn war, dass er noch auf der Dachterrasse war. Er ging zur Tür ins Treppenhaus, als er einen markerschütternden Schrei von dort vernahm. Er riss die Tür auf und sah am Ende der Treppe einen regungslosen Körper, und darüber gebeugt, die Assistentin des Dekans, die mit weit aufgerissenen Augen auf den vor ihr liegenden Mann starrte. Sein erster Gedanke war: „Das kann nicht sein, das darf nicht sein." Dann versuchte er, den Norweger auf den Rücken zu drehen, was ihm im zweiten Versuch gelang. Er konnte weder Atmung noch einen Puls fühlen. Irgendjemand hatte inzwischen den Notarzt gerufen, der nach etwa 10 Minuten eintraf. Zwischenzeitliche Rettungsversuche eines anwesenden Medizinstudenten waren erfolglos geblieben. Der Notarzt versuchte, Dr. Sigurdson wiederzubeleben. Der Einsatz des Defibrillators hatte nicht den gewünschten Erfolg, ebenso wenig die Herzdruckmassage oder die Beatmung mit Sauerstoff, sodass man den Patienten auf schnellstem Wege in den Krankenwagen und mit Blaulicht in die nahe gelegene Uniklinik brachte.

Die Partygäste standen allesamt unter Schock und wussten nicht, wie sie sich verhalten sollten. Prof. Beck rief die Polizei und bat alle Anwesenden, sich nach der Befragung durch die Polizei sofort nach Hause zu begeben. Nach weiteren 5 Minuten traf ein Streifenwagen ein, aus dem zwei Polizisten ausstiegen und Prof. Beck zu dem Unglück befragten. Anschließend sperrten sie das Restaurant und die Dachterrasse, um der Kriminalpolizei die Arbeit am Unglücksort zu ermöglichen. Prof. Beck fuhr nach seiner Aussage direkt in die Universitätsklinik, um sich beim Notarzt zum Zustand von Dr. Sigurdson zu erkundigen. Er musste vor der Notaufnahme eine ganze Weile warten, bis jemand vor die Tür kam, den er fragen konnte. Es war nicht der Notarzt, der Dr. Sigurdson zuerst versorgt hatte; es kam die diensthabende Notärztin zu ihm. Sie fragte ihn, ob er ein Verwandter von Dr. Sigurdson war, was er natürlich verneinte. Dann dürfe sie keine Auskunft geben, sagte sie. Prof. Beck erläuterte ihr, dass Dr. Sigurdson ein Gastreferent aus Norwegen war, der heute an der Universität einen Vortrag gehalten hatte und er als Gastgeber die Verantwortung für die Veranstaltung innehatte. Die Notärztin blieb jedoch hart, und so musste Prof. Beck unverrichteter Dinge nach Hause fahren. Auf der Heimfahrt wurde ihm bewusst, dass er keine Ahnung hatte, wie er mit dieser Situation umgehen sollte. Er wusste nur, dass spätestens morgen Mittag die Vertreter der Presse ihm die Tür einrennen würden....

Kapitel 1

Überraschende Wendungen

Der 21. Juni versprach, ein sonniger Tag zu werden. In der Redaktion der regionalen Zeitung „Leipzig News" begannen sich ab 8:00 Uhr die Büros langsam zu füllen. Gegenüber vergangener Jahre hatte sich eigentlich nicht viel verändert, wenn man davon absah, dass das Arbeitspensum für die Mitarbeiter ständig gestiegen war. Darunter litt natürlich die journalistische Sorgfalt, aber das war den Eignern der „Leipzig News" völlig egal. Der Erfolg eines Journalisten wurde hier nach der Anzahl seiner Beiträge gemessen und nicht nach deren Qualität. Dies hatte natürlich zur Folge, dass im Prinzip jeder Journalist ungeprüft Beiträge anderer Kollegen teilweise oder ganz übernahm, um seine Vorgaben im vorgegebenen Zeitrahmen zu erfüllen. Auch wurde von den Redakteuren verlangt, möglichst jeden Tag eine große Schlagzeile beizusteuern. Unter diesem Druck wurden vermehrt völlig banale Stories von B- oder C-Promis aufgebläht und veröffentlicht, nur um eine möglichst große Leserschaft zum Kauf der Zeitung zu bewegen.

In der für Wissenschaft und Technik zuständigen Abteilung war wegen des Personalmangels nur ein Redakteur und ein Praktikant mit den Berichten über neuartige Technik oder neue Erkenntnisse aus der Wissenschaft betraut. Glücklicherweise lag die Universität Leipzig ganz in der Nähe, so dass man im Prinzip zu Fuß jede Fakultät erreichen konnte. Der Praktikant mit dem Namen Thomas Bauer war, um es vorsichtig zu formulieren, eine verkrachte Existenz. Er hatte kein einziges Semester in den drei Studiengängen, in denen er angefangen hatte, zu Ende gebracht. Somit war er eine ungelernte Kraft. Die Bezahlung war entsprechend schlecht. Deshalb konnte er sich nicht einmal eine eigene Wohnung leisten und lebte zeitweise bei seinen Eltern, wenn er nicht gerade eine neue Freundin hatte. Wegen seiner Oberflächlichkeit und seines wenig ausgeprägten Hangs, Verantwortung zu übernehmen, fand er nirgendwo eine Festanstellung. Er nahm deswegen auch seinen derzeitigen Job nicht allzu ernst, sehr zum Leidwesen seines Vorgesetzten Bernd Reinelt. Dieser wiederum hatte jegliche Hoffnung auf eine verantwortungsvolle journalistische Tätigkeit von Thomas Bauer aufgegeben. Aber auch er machte seinen Job mehr oder weniger engagiert. Mit den modernen Medien war es ihm dennoch möglich, einigermaßen vollwertige Artikel abzuliefern. Für heute hatte er zunächst eine Besprechung mit Thomas Bauer. Den hielt er nicht einmal für fachkompetent. Aus diesem Grund musste dieser auch alle Aufgaben übernehmen, zu denen er keine Lust hatte. So war es auch gestern, als er ihn zu einem Vortrag über Nanotechnologie an der Universität Leipzig geschickt hatte. Da die Veranstaltung am frühen Nachmittag stattfand, hatte er Thomas dahingehend instruiert, dass er nach der Veranstaltung nach Hause gehen könnte. Obwohl er es eigentlich hasste, sich mit seinen Kollegen zu duzen, war es üblich, sich mit dem Vornamen anzusprechen. Selbstverständlich hatte er Thomas untersagt, zu der anschließenden Party zu gehen, aber nur, weil er selber nicht konnte und andererseits nicht wollte, dass dieser Faulpelz sich auf Kosten der Redaktion amüsieren konnte.

Pünktlich um 10:00 Uhr klopfte es an seine Tür, und Thomas trat mit einem missgelaunten Ausdruck im Gesicht ein. Jeder der beiden wollte die Besprechung schnell hinter sich bringen, und so ergriff Bernd das Wort: „Wie war's denn gestern?". „Eigentlich so, wie ich es erwartet hatte. Ein Haufen Fachchinesisch und eine anschließende Diskussion, der ich teilweise nicht folgen konnte. Aus diesem Grund habe ich das Heft mit den Reviews mitgebracht, so dass ich im Artikel die wichtigsten Aussagen wiedergeben kann. Der einzig interessante Vortrag war der von Dr. Sigurdson, welcher ein paar Ausführungen zu den Risiken der Anwendung von diesem Nanozeugs machte."

„Lieber Thomas", sagte Bernd in süffisantem Ton, „ich hoffe inständig, dass du diesmal einen Artikel zu Stande bringst, den man lesen kann. Ich habe nämlich inzwischen die Hoffnung aufgegeben, dass du jemals einen interessanten und auch noch verständlichen Artikel hinbekommst. Und falls es dir nichts ausmacht, sei so nett und bring mir dein Machwerk bis spätestens um drei, damit ich wenigstens die gröbsten Ungereimtheiten und Logikfehler korrigieren kann. Du weißt ja, dass ich heute Abend etwas vorhabe und schon um fünf zu Hause sein muss." Das war zwar glatt gelogen, aber warum sollte er sich länger damit beschäftigen?

Thomas schaute ihn ein wenig beleidigt an: „Kann ich jetzt gehen und mein unlogisches Machwerk zu Papier bringen?"

Bernd grinste: „Aber klar, ich will selbstverständlich deinem journalistischen Fleiß nicht im Wege stehen."

Thomas sah seinen Chef fragend an: „Meinst du das jetzt sarkastisch?"

„Natürlich nicht, ich kenne deine Einstellung zu dieser Arbeit. Deine gründlichen Recherchen und deine Zuverlässigkeit sind mir über die Jahre sehr ans Herz gewachsen. Wie lange bist du eigentlich dabei?"

Thomas sagte einigermaßen sauer: „Sechs Monate." Er drehte sich um, ohne ein weiteres Wort zu verlieren, und knallte die Tür hörbar hinter sich zu.

Thomas ging zu seinem Schreibtisch und hatte eigentlich nur einen Gedanken: 'Bloß weg hier.'

Er griff sich das Heft mit der Übersicht zu den gestrigen Vorträgen und schrieb zunächst Stichwörter auf, die seiner Meinung nach in seinen Artikel unbedingt hineinmussten. Nach einer halben Stunde war er einigermaßen damit zufrieden und überzeugt davon, alle wesentlichen Punkte erfasst zu haben. Er war gerade dabei, seinen geistigen Erguss in eine Textform zu überführen, als seine Tür aufgerissen wurde und Bernd sein Büro (es war eigentlich nicht mehr als eine Abstellkammer) betrat. Bernd sagte in seinem wie üblich leicht sarkastischen Ton: „Wir haben soeben einen Anruf bekommen, dass dieser Dr. Sigurdson, zu dessen Vortrag du gestern warst, tot ist. Da der offenbar ein hohes Tier in der Wissenschaft war, hat die Universität eine kurzfristige Pressekonferenz für halb zwölf anberaumt. Sollte es dir dein straff gefüllter Terminplan erlauben, würde ich dich bitten, bei dieser Pressekonferenz zu erscheinen. Selbstverständlich verbiete ich dir, irgendwelche Fragen zu stellen, wir wollen ja unsere Zeitung nicht blamieren. Schneide alles Gesprochene mit, dann kommst du damit zurück in die Redaktion und gibst mir die Aufnahme."

Thomas dachte wütend: 'Ach ja, jetzt wo abzusehen ist, dass sich vielleicht eine breite Leserschaft für einen Artikel interessieren würde (es gab ja wenigstens einen Toten in der Geschichte), darf ich nicht nur die ganze Arbeit machen, sondern dieser Idiot heimst die ganzen Lorbeeren ein.' Für Thomas war der Tag gelaufen. Er überlegte, wie lange er sich das noch gefallen lassen sollte. Gleichzeitig war ihm bewusst, dass er bei der derzeitigen Wirtschaftslage und seiner Ausbildung nirgendwo anders eine Arbeit finden würde. Aufs äußerste motiviert schlich er sich aus seinem sogenannten Büro und packte das Aufnahmegerät, seinen Laptop, einen Notizblock und einen Kugelschreiber ein. Die neuartigen Übertragungsmöglichkeiten, die es erlaubten, Pressekonferenzen sofort live in die Redaktion zu übertragen und gleichzeitig das Gesprochene im Ganzen in Textform auf einen zugeschalteten Laptop zu übertragen, waren nicht sein Ding, weil er befürchtete, dass er bei einem Verlust der Dateien ohne jede verwertbare Information dastehen würde. Außerdem traute er verschiedenen Kollegen (inklusive seines Chefs) durchaus zu, dass diese die Dateien löschen oder stehlen könnten, nur um dafür zu sorgen, dass er seinen Job verlieren würde. Die Zeit war zwar etwas knapp, jedoch traf er rechtzeitig ein, um von Anfang an die Pressekonferenz zu „genießen". Auf dem Podium hatte neben dem Rektor, einem gewissen Prof. Beck, auch ein Vertreter der Polizei Platz genommen. Pünktlich 11:30 Uhr nahm sich Prof. Beck das Mikrofon und sagte: „Wir haben aus einem sehr traurigen Grund diese Pressekonferenz einberufen. Am gestrigen Abend wurde unser Gastreferent Dr. Sigurdson tot am Aufgang zur Dachterrasse des Universitätsrestaurants gefunden. Bisher haben wir keine Erklärung für den plötzlichen Tod unseres Ehrengastes. Wir werden selbstverständlich alles tun, um zur Aufklärung dieses tragischen Unglücks beizutragen." Prof. Beck schilderte noch einmal in kurzen Worten den gestrigen Tag und übergab dann das Mikrofon an den Vertreter der Polizei. Dieser gab einen kurzen Überblick über die von der Polizei eingeleiteten Maßnahmen, wie die Befragung aller Zeugen, der Arbeit der Spurensicherung und der eingeleiteten Obduktion der Leiche. Danach hatten die anwesenden Journalisten die Gelegenheit, ihre Fragen zu stellen. Da es Thomas untersagt war, irgendwelche Fragen zu stellen, dachte dieser daran, zu verschwinden. Er erwartete nicht, dass beim derzeitigen Kenntnisstand irgendwelche interessanten Aspekte zutage treten würden. Er blieb dann aber doch, um zu vermeiden, dass aus irgendeinem Grund jemand seinem Chef einen Tipp gab. Gelangweilt lauschte er den Fragen der anderen Journalisten und wurde in seiner Annahme bestätigt, dass er seine Zeit verschwendet hatte. Nach der einstündigen Pressekonferenz eilte er zurück in die Redaktionsräume, drückte Bernd sein Aufnahmegerät in die Hand und wünschte ihm mit einem ironischen Unterton viel Erfolg beim Schreiben des Artikels. Er ging zurück in sein Büro, schaute sich seinen Stapel unerledigter Arbeiten an und beschloss, nur die wichtigsten zu bearbeiten und dann die Redaktion zu verlassen, da er seiner Story beraubt worden war und er keinen Sinn darin sah, heute noch irgendetwas für die Firma zu tun. Auf seinem Heimweg kam er auf die Idee, noch ein Bier in der nahegelegenen Kneipe „Nobelpreisklause" zu trinken, um ein wenig seinen Frust abzubauen. Aus einem Bier wurden schnell 2 und schließlich fünf. Es war gegen 18:30 Uhr, als er sich einigermaßen angeheitert auf den Nachhauseweg machte. Er hielt eines dieser E-Cars an. Diese Art der modernen Taxis hatten keinen Fahrer mehr, sondern fuhren sprachgesteuert zu der vom Fahrgast angegebenen Adresse. Die Bezahlung erfolgte automatisch über Angabe eines PIN-geschützten Guthabens auf dem Handy. Neuerdings gab es auch die Variante, über einen im Oberarm implantierten Chip zu bezahlen, welcher wichtige Daten über den Fahrgast und seine Kreditwürdigkeit enthielten. Ursprünglich waren diese Chips entwickelt worden, um Patienten mit schweren Erkrankungen bei Notfällen optimale Hilfe zukommen zu lassen. Mit der Weiterentwicklung dieser Chips war es möglich, sämtliche Einkäufe elektronisch zu erledigen, oder verschiedene Services, wie beispielsweise Taxifahrten, zu nutzen. Es wurde allen empfohlen, sich einen solchen Chip implantieren zu lassen. Während sich jeder Bürger diesen Chip freiwillig einsetzen lassen konnten, wurden schweren Straftätern Chips zur Ortung per Gesetz zwangsweise eingepflanzt. Während Thomas über den Einsatz dieser Chips nachdachte, klingelte sein Handy. In der Annahme, dass sein Chef selbstverständlich keine Rücksicht auf sein Privatleben nahm, ignorierte er den Anruf und hing weiter seinen Gedanken nach. Zuhause angekommen, begrüßte er seine Eltern, die in einem Zweifamilienhaus die untere Etage bewohnten. Er wollte gerade nach oben gehen, als ihm sein Vater zurief: „Thomas! Da hat schon zweimal einer angerufen, der mit dir sprechen wollte. Er hat gesagt, dass er ein ehemaliger Klassenkamerad von dir sei und derzeit in Leipzig geschäftlich zu tun hätte." Thomas wusste beim besten Willen nicht, wer das sein könnte und fragte seinen Vater, ob dieser „Klassenkamerad" irgendeinen Namen genannt hätte. Sein Vater meinte, dass der junge Mann etwas von der Rolle gewesen war und er deshalb so schnell gesprochen hätte, dass er ihm nicht folgen konnte. Er erinnerte sich jedoch wenigstens an den Vornamen und sagte zu Thomas: „Der hieß, glaube ich, Ralf." Das erste, was Thomas dazu einfiel war, dass das doch nicht etwa Ralf Wiesner war, der zu den klassischen Strebern und Klassenbesten in seiner Schule gehört hatte. Dieser

Ralf hatte nie Probleme in der Schule gehabt, hatte in allen Fächern eine Eins, war Preisträger verschiedener naturwissenschaftlicher Olympiaden und außerdem attraktiv, sportlich und ein Mädchenschwarm. Thomas hatte eigentlich keine Lust, sich mit Ralf über irgendetwas zu unterhalten, weil es ihm peinlich war, ihm über sein verkorkstes Leben zu erzählen. Soweit er sich erinnerte, hatte Ralf nicht nur ein Physik- sondern auch ein Chemiestudium begonnen und selbstverständlich mit Auszeichnung abgeschlossen. Anschließend hatte er auf dem Gebiet der Kolloidchemie promoviert. Vor einigen Jahren trafen sie sich zufällig in der Stadt. Ralf hatte damals Thomas voller Stolz erzählt, wie toll seine Karriere verlief.

Nach kurzer Überlegung beschloss Thomas, Ralf zurückzurufen. Er musste auch nicht lange warten, dass Ralf den Hörer abnahm und ihn mit einem kurzen Hallo begrüßte. Thomas fragte ihn, was ihn denn nach Leipzig führen würde. Ralf antwortete ihm, dass er zu Recherchezwecken in seine alte Heimat gekommen sei. „Ich war gestern sogar an unserer alten Schule und habe einen kleinen Spaziergang durch den Ort gemacht. Kannst du dich noch daran erinnern", fragte er Thomas, „dass wir als Kinder ein Geheimversteck hatten, welches wir einfach Bunker genannt hatten?" Dieses Geheimversteck, so erinnerte sich Thomas, bestand aus Teilen eines alten Luftschutzkellers mit dicken Mauern und er hatte dort mit Ralf in ihrer Fantasie über alle möglichen Abenteuer gesprochen, die sie in ihrem späteren Leben wohl erleben würden. „Ich hätte nie gedacht", bemerkte Ralf, „dass in der Zwischenzeit niemand in diesem alten Keller gewesen ist. Da lagen sogar noch die alten Pornohefte, die wir uns dort heimlich angeguckt haben. Die ganze Gegend ist inzwischen völlig verwildert. Ich hatte einige Mühe, überhaupt den Eingang zu finden. Die Falltür zum Keller hatten wir wohl auch gut getarnt." Sie hatten damals nämlich die Falltür zum Keller stets mit Pappe und Holzresten abgedeckt, damit niemand ihr Versteck finden konnte.

„Wie lange willst du eigentlich in Leipzig bleiben?", wollte Thomas wissen. Nach einer kurzen Pause erwiderte Ralf: „Nur ein paar Tage, dann muss ich wieder zurück. Aber sag mal, was hältst du eigentlich davon, wenn wir uns morgen irgendwo zum Essen treffen und uns über die guten alten Zeiten unterhalten?"

„Wo wollen wir uns denn treffen?", fragte Thomas.

„Wie wäre es denn mit unserem alten Studentenclub Moritzbastei? Den gibt es tatsächlich immer noch. Wir könnten danach vielleicht auch noch die Stadt unsicher machen.", schlug Ralf vor.

„Das ist gar keine so schlechte Idee. Ich schlage vor, dass wir uns dort um 19:00 Uhr treffen, am besten vor dem Haupteingang."

„Prima, ich freu mich drauf!", sagte Ralf.

„Na dann bis morgen, ich freue mich auch, dich nach so langer Zeit wieder zu sehen." Thomas hatte zwar gelogen, aber in diesem Fall war er ganz Diplomat und hoffte, dass der morgige Abend nicht allzu lang werden würde. Nach einer kurzen Pause des Schweigens bemerkte Ralf noch: „Das war doch wirklich eine schöne Zeit damals, oder?" Plötzlich hörte Thomas, wie Ralf anfing zu schluchzen: „Ich glaube, dass ich etwas ganz Dummes gemacht habe. Du bist der einzige, dem ich noch vertrauen kann." Über diese plötzliche Wendung des eigentlich harmlosen Telefongespräches war Thomas einigermaßen erschrocken, und so versuchte er, Ralf zu trösten: „Was ist denn los? Es wird schon nicht so schlimm sein, es gibt doch für alle Probleme eine Lösung."

„Ich hoffe es, aber ich glaube, in diesem Fall wird es nicht so einfach sein."

Immer noch von Schluchzen unterbrochen, bat Ralf Thomas: „Könnten wir uns nicht gleich treffen, dann kannst du mir vielleicht einen Rat geben, was ich machen soll."

„Bist du in Schwierigkeiten?"

„Ich glaube sogar, dass sich in großen Schwierigkeiten bin!"

„Was hast du angestellt? Ich denke, du bist ein anerkannter Wissenschaftler mit einem sehr gut bezahlten Job?"

„Darüber möchte ich nicht am Telefon sprechen. Komm so schnell du kannst. Kennst du noch die Gaststätte Gambrinus? Die liegt zwar etwas außerhalb, aber dort ist vielleicht nicht so viel Publikumsverkehr und wir können in Ruhe reden."

„Einverstanden, ich komme, so schnell ich kann. In einer halben Stunde bin ich da."

„Ich danke dir von ganzem Herzen und hoffe, dass ich dir keine allzu großen Umstände gemacht habe." Thomas wunderte sich ein wenig über den letzten Satz, denn Bescheidenheit war nie eine große Stärke von Ralf. Dennoch beeilte er sich, so schnell wie möglich da zu sein. Er fluchte vor sich hin, da er mehr als 5 Minuten auf ein E-Car warten musste und überlegte während der Fahrt, was Ralf so sehr aus der Fassung gebracht haben könnte. Die Fahrt war kürzer als gedacht, denn schon nach 15 Minuten war er an dem vereinbarten Ort, dem Restaurant Gambrinus. Er war noch etwa 50 m vom Lokal entfernt, als er aus dessen Eingang zwei Männer laufen sah, die er aber in der Dunkelheit nur schemenhaft erkennen konnte. Er dachte sich nichts weiter dabei und betrat das Restaurant. Dort sah er am Boden einen reglosen Körper liegen; daneben stand der Kellner mit weit aufgerissenen Augen. Offenbar hatte er ein Tablett mit vollen Biergläsern fallen lassen. Als Thomas nähertrat, erkannte er zu seinem Schrecken, dass der Körper Ralf war. Dessen Hemd war voller Blut. Unter ihm hatte sich bereits eine Lache gebildet. Ralf war bei Bewusstsein und Thomas beugte sich zu ihm herunter: „Was ist passiert?"

Ralf packte ihn an seinem Jackenärmel, zog ihn zu sich herunter und versuchte ihm zu antworten, aber alles, was er noch sagen konnte, war: „Bunker!" Thomas sah auf und brüllte den immer noch unter Schock regungslos dastehenden Kellner an, dass er einen Krankenwagen und die Polizei rufen solle. Der Kellner drehte sich ohne ein Wort herum und lief zur Theke. Thomas konnte sehen, dass er den Notdienst und die Polizei anrief, und versuchte unterdessen, die Blutung von Ralf zu stoppen. Es gelang ihm aber nicht, da wohl eine Arterie verletzt worden war. Offenbar war dieser niedergestochen worden. Ralf hatte inzwischen das Bewusstsein verloren, und Thomas presste sein Taschentuch auf die offene Wunde. Kurze Zeit später trafen der Notarzt und die Polizei ein. Das Restaurant war zu dieser späten Zeit nur spärlich besetzt und die wenigen Gäste saßen ausschließlich an der Theke. Nach Aussage des Kellners war Ralf vor etwa einer halben Stunde hereingekommen und hatte sich an einen Tisch in der Ecke des Restaurants gesetzt. Außer einer gewissen Nervosität hatte der Kellner nichts weiter beobachtet, was in irgendeiner Weise auffällig gewesen wäre. Kurz vor dem Eintreffen von Thomas, so berichtete er, waren zwei Männer in dunklen Anzügen hereingekommen und hatten ein Gespräch mit Ralf begonnen. Nichts hatte auf einen Streit hingedeutet, doch plötzlich versuchten die Männer Ralf zur Tür hinaus zu zerren. Dieser hatte sich heftig gewehrt und angefangen, laut um Hilfe zu rufen. Auf einmal hatte einer der Männer ein Messer aus seiner Jackentasche hervorgezogen und es Ralf in die Brust gestoßen. Ralf hatte noch die Kraft, sich von den Angreifern loszulösen und in das Innere des Schankraums zu flüchten. Kurz vor der Theke brach er zusammen, während die beiden Männer eiligst die Gaststätte verließen. Wie sich herausstellte, konnte niemand die Männer näher beschreiben, außer, dass sie gut gekleidet waren und dunkle Anzüge trugen. Der Notarzt handelte schnell und professionell. Nach einer ersten Wundversorgung wurde Ralf mit Blaulicht ins nächste Krankenhaus gefahren. Die Polizei nahm die Aussage von Thomas auf und bat ihn darum, für weitere Aussagen zur Verfügung zu stehen und in den nächsten Tagen die Stadt nicht zu verlassen.

Thomas sah darin überhaupt kein Problem und sagte den Beamten zu, sie bei ihren Ermittlungen in jeder Weise zu unterstützen. Zutiefst erschüttert machte er sich auf den Weg nach Hause und überlegte unterwegs, ob er das alles nur geträumt hatte oder ob das wirklich passiert war. Er war weit davon entfernt, eine Verbindung zwischen dem Telefonat, das er mit Ralf geführt hatte, und dem Angriff zu ziehen und so hielt er das ganze Geschehen zunächst für einen Zufall. Er ging zu Bett, konnte aber lange Zeit nicht schlafen. Es wurde schon hell, als er endlich einschlief. Es war kurz nach neun, als er erwachte. Beim Blick auf die Uhr fluchte er lauthals, stolperte ins Bad, putzte sich die Zähne und wusch sich gleichzeitig das Gesicht und den Oberkörper. In höchster Eile warf er sich ein T-Shirt über, zog sich seine Jeans an und rannte aus dem Haus. Für ihn schien es Ewigkeiten zu dauern, bis ein E-Car anhielt und ihn in die Innenstadt brachte. Dort angekommen, nahm er jeweils zwei Treppenstufen im Haus der „Leipzig News" und stürzte den Gang entlang zu seinem Büro. Er öffnete die Tür, in der Hoffnung, dass niemand sein Zuspätkommen bemerkt hatte, wurde jedoch bitter enttäuscht. Mit dem Rücken an seinen Schreibtisch gelehnt grinste Bernd ihn an und bemerkte: „Du kommst sicher gerade von einer zeitintensiven Recherche zurück, aber du hättest mir Bescheid geben können, dass du heute später kommst. Außerdem sitzen in meinem Büro zwei Kleiderschränke vom Staatsschutz und haben den Wunsch geäußert, mit dir zu sprechen. Wenn es dir also nichts ausmacht, hättest du vielleicht die Güte den beiden Herrn behilflich zu sein, denn sie haben ausdrücklich darauf bestanden, mit dir allein zu sprechen."

Thomas schaute Bernd mit einem Ausdruck tiefster Verachtung an und zischte ihm ins Gesicht: „Mein Freund, mit dem ich mich gestern treffen wollte, wurde offenbar überfallen und dabei schwer verletzt. Ich weiß nicht, ob er überleben wird, aber du hast nichts anderes im Kopf, als auf mir herum zu trampeln. Du kannst mich mal kreuzweise. Ich kündige!" Den letzten Satz schrie er

Bernd ins Gesicht, warf das Aufnahmegerät auf Bernds Schreibtisch, drehte sich auf dem Absatz herum und knallte die Tür hinter sich zu. Im Büro von Bernd saßen tatsächlich zwei Herren, die sich nach einer kurzen Begrüßung als Mitarbeiter des Staatsschutzes zu erkennen gaben. Sie hielten ihm ihre Dienstausweise unter die Nase und Thomas fragte sich, was das denn nun schon wieder zu bedeuten hätte. Einer der Herren sagte in freundlichem Ton: „Entschuldigen Sie bitte den kleinen Überfall, es ist sonst nicht unsere Art, so kurzfristig aufzutauchen. Jedoch geht es in diesem Fall um die nationale Sicherheit und wir hoffen, dass Sie uns bei der Aufklärung eines Verbrechens behilflich sein können. Wie wir erfahren haben, kennen Sie Ralf Wiesner, der mit Ihnen Kontakt aufgenommen hat und mit dem Sie sich gestern getroffen haben. Sie wissen es sicher noch nicht, aber leider ist Ralf Wiesner noch gestern Abend seinen schweren Verletzungen erlegen und Sie sind der einzige, der uns genauere Angaben machen kann."

Noch schockiert von der Nachricht fragte Thomas: „Wie kann ich Ihnen dabei behilflich sein?"

„Wir wissen, dass Ralf Wiesner noch am Leben war, als Sie gestern im Gambrinus eintrafen. Hat er noch irgendetwas gesagt, bevor er das Bewusstsein verloren hat?"

Thomas überlegte kurz, ob er diesen beiden ihm nicht bekannten Männern sagen sollte, was Ralf zu ihm gesagt hatte. Er beschloss jedoch, es lieber für sich zu behalten und antwortete: „Ralf hat noch versucht, mir etwas zu mitzuteilen, aber hatte wohl wegen des Blutverlustes nicht mehr die Kraft dazu."

Die beiden Männer sahen ihn prüfend an und baten ihn, noch einen Moment vor der Tür zu warten. Thomas ging hinaus. Die beiden Männer sprachen leise miteinander: „Gus, bring die Wanze in seiner Jacke an. Wir müssen wissen, ob unsere Zielperson' irgendwelche Dokumente versteckt hat."

„Schon passiert!", flüsterte der Mann, den der andere Gus genannt hatte.

Kurze Zeit später kamen die Männer aus Bernds Büro. Einer der beiden wandte sich an Thomas und sagte: „Wir wissen leider nur offizielle Dinge über Ralf Wiesner, aber wir haben keinerlei Vorstellung, was er für ein Mensch war, welche Eigenschaften er hatte und welche Ziele er verfolgte. Wenn Sie nichts dagegen haben, würden wir Sie gern in unsere Dienststelle mitnehmen und Sie könnten uns ein wenig über Ralf Wiesner erzählen. Wäre das machbar?"

„Da muss ich kurz meinen Vorgesetzten informieren, damit er weiß, wo ich bin."

„Da machen Sie sich mal keine Sorgen. Er wird sicher nichts dagegen haben. Wir sagen ihm Bescheid und dann können wir die Sache schnell hinter uns bringen. Ich habe Ihnen gleich Ihre Jacke mitgebracht, dann müssen Sie nicht nochmal zurück ins Büro."

Thomas hatte keine weiteren Einwände und Bernd auch nicht. Sie verließen zu dritt das Verlagsgebäude und begaben sich zum Wagen der beiden Männer. Das Auto entsprach jedem bekannten Klischee über Geheimdienste. Es war schwarz, hatte getönte Scheiben und war selbstverständlich ein Mercedes (natürlich das neueste Modell). 'Mein Gott, die müssen Geld haben', dachte Thomas und setzte sich auf die Rückbank des Wagens. Er registrierte dabei, dass ihm beim Einsteigen einer der Männer die Tür geöffnet hatte. Er lehnte sich auf der Rückbank zurück und versuchte, sich etwas zu entspannen. Die beiden Männer stiegen vorn ein. Kurze Zeit später setzte sich der Wagen in Bewegung. Sie fuhren in Richtung Norden am Hauptbahnhof vorbei und nahmen die Ausfallstraße Richtung Halle. Bis zu diesem Zeitpunkt wechselten weder die beiden Männer untereinander als auch mit Thomas ein Wort. Kurz vor dem Erreichen des Stadtrandes drehte sich der Beifahrer zu Thomas um und versuchte, ihn in ein Gespräch zu verwickeln:

„Wenn wir richtig informiert sind, sind Sie zusammen mit Ralf Wiesner zur Schule gegangen?"

„Das ist richtig", bemerkte Thomas.

„Wie würden Sie denn ihr damaliges Verhältnis zu ihm beschreiben?"

„Wir haben uns als Kinder sehr gut verstanden und uns auch oft gegenseitig zu Hause besucht. Auch die Hausaufgaben haben wir zusammen gemacht und in unserer Freizeit oft miteinander gespielt. Später sind wir dann getrennte Wege gegangen, da Ralf sich immer stärker mit der Wissenschaft beschäftigt hatte, was nicht so mein Ding war. Ehrlich gesagt, war ich immer etwas neidisch auf ihn, weil er ein einmal gestecktes Ziel zielstrebig verfolgte, außerdem sehr intelligent war und schon eine Freundin hatte. Das war bei mir anders, und so haben wir uns sprichwörtlich erst auseinandergelebt und dann aus den Augen verloren."

„Was haben Sie eigentlich als Kinder so in ihrer Freizeit getrieben?", fragte der Fahrer des Wagens.

„Na das, was alle Kinder so machen. Bis zum Alter von etwa zehn Jahren haben wir hauptsächlich zu Hause gespielt und beispielsweise kleine Roboter programmiert und ihnen allerlei Dummheiten beigebracht. Als wir älter wurden, sind wir natürlich viel im Freien gewesen und haben uns Abenteuer im Ort oder im nahe gelegenen Wald gesucht. In unserer Fantasie waren wir da Archäologen, berühmte Naturforscher oder auch irgendein Mensch mit Superkräften, der das Böse bekämpft." Thomas erzählte noch einige lustige Geschichten aus seiner Kindheit, die ihm noch in Erinnerung waren. „Jedenfalls haben wir oft bis zum Einbruch der Dunkelheit herumgetobt. Natürlich haben wir uns auch mit Computerspielen beschäftigt, wobei unsere Eltern stets darauf geachtet haben, dass wir nicht zu lange vor dem Bildschirm saßen."

„Das machen, glaube ich, alle Kindern so", sagte der Beifahrer und lächelte Thomas an. „Aber was hat es eigentlich mit dem

Bunker auf sich, von dem Sie gerade gesprochen haben? Das war bestimmt ein ordentliches Abenteuer, in so ein dunkles Loch einzusteigen und es zu erkunden."

Thomas stutzte und dann platzte es aus ihm heraus: „Davon habe ich Ihnen doch gar nichts erzählt!"

„Doch das haben Sie, sonst wüssten wir wohl nicht davon."

Jedoch konnte sich Thomas beim besten Willen nicht daran erinnern, im Verlauf des Gespräches irgendetwas von dem Bunker erzählt zu haben. In ihm stieg ein starkes Gefühl des Misstrauens auf und er beschloss, nichts mehr zu erzählen. Er dachte fieberhaft darüber nach, woher die beiden vom Bunker wissen konnten. Da er sich sicher war, dass er ihnen nichts davon erzählt hatte, ging er in Gedanken die letzten 24 Stunden durch. Plötzlich fiel ihm siedend heiß ein, dass das einzige Mal, als er sich über den Bunker unterhalten hatte, das Gespräch mit Ralf am Telefon gewesen war. Ihm war sofort klar, dass entweder sein oder das Telefon von Ralf abgehört wurde. Da er bis zu diesem Zeitpunkt keinen Kontakt zu Ralf hatte, konnte eigentlich nur das Telefon von Ralf abgehört worden sein. Kein deutsches Kennzeichen des Wagens und ein offensichtlich abgehörtes Telefon seines Freundes, der aus Amerika eingereist war. Dass die zwei nicht vom Staatsschutz sein konnten (auf jeden Fall nicht vom deutschen Staatsschutz), das war ihm nun völlig klar.

„Ach ist ja auch egal", murmelte Thomas in einem leicht gelangweilt klingenden Tonfall. „Wahrscheinlich ist es mir entgangen, dass ich Ihnen davon erzählt habe. Aber das ist ja auch kein Wunder, bei dem, was ich in den letzten Stunden erlebt habe."

Der Beifahrer nickte zustimmend und blickte wieder nach vorn. Wie es Thomas vorkam, bemühte sich auch der Beifahrer auffallend, dass soeben stattgefundene Gespräch als Smalltalk erscheinen zu lassen. Unterdessen dachte Thomas angestrengt darüber nach, wie er diesen Typen entkommen könnte. Die Gelegenheit ergab sich glücklicherweise an der nächsten Ampelkreuzung, wo die Ampel gerade auf Rot gesprungen war und der Wagen halten musste. Die Flucht von Thomas wurde dadurch erleichtert, dass neben der Beifahrertür ein Radfahrer stand, so dass es eigentlich unmöglich war, die rechte Tür zu öffnen. Ebenso war es problematisch auf der Fahrerseite auszusteigen, da gerade ein links abbiegender LKW mit Hänger von der rechten Seite freie Fahrt hatte und wegen seiner Länge große Mühe hatte, die Linkskurve zu nehmen. Deswegen fuhr der LKW auch sehr nah an der Fahrertür vorbei, so dass auch der Fahrer nicht aussteigen konnte. Thomas erkannte seine vielleicht einzige Chance zur Flucht, riss die Tür auf, und rannte, so schnell er konnte, in die nächstgelegene Seitenstraße. Hinter sich hörte er noch das Gebrüll der beiden, die keine Chance hatten, das Fahrzeug zu verlassen. Thomas blickte nicht nach hinten, lief und stolperte eine kleine Straße entlang, bis er völlig außer Atem war. Er stellte fest, dass er in eine kleine Reihenhaussiedlung gelaufen war, hinter der ein Wald lag. Er lief zum Waldrand auf der Suche nach einem kleinen Pfad oder Weg, um in den Wald zu gelangen. Da er keinen fand, schlug er sich einfach ins Dickicht auf der Suche nach einem Versteck. Kurze Zeit später fand er einen Holzstapel, hinter dem er sich hinkauerte, um erst einmal wieder Luft zu bekommen. So, wie es aussah, hatte er seine Verfolger wohl abgeschüttelt, was ihn aber davon abhielt, leichtsinnig zu werden. Er überlegte, was er jetzt tun sollte. Da es nicht abwegig war, dass auch sein Telefon zu Hause und auch sein Handy abgehört wurden (und er über letzteres leicht geortet werden konnte) nahm er selbiges aus seiner Jackentasche und warf es in hohem Bogen ins Dickicht. Ihm war klar, dass er nicht nach Hause konnte, auf der anderen Seite aber eine Bleibe benötigte, um untertauchen zu können. Er konnte weder seinen Eltern Bescheid geben, noch Bernd anrufen, um seine Notsituation zu schildern. Ihm ging durch den Kopf, dass Ralf offenbar wirklich etwas sehr Dummes angestellt haben musste. Dass er als letztes Wort den Bunker erwähnt hatte, gab Thomas den

Hinweis, dort nach den Ursachen für den ganzen Schlamassel zu suchen. Nun musste er nur noch einen Weg finden, um dorthin zu gelangen. Ein E-Car fiel als Transportmittel selbstverständlich aus, da man dann seine Spur wieder leicht verfolgen konnte. Es blieb ihm nichts anderes übrig, als per Anhalter wieder zurück nach Leipzig zu fahren. Er verfluchte den Umstand innerlich, dass das Bargeld abgeschafft wurde und man nur noch mittels Kredit- oder anderen Guthaben-Karten bezahlen konnte. Er lief jedoch nicht wieder zurück zur Bundesstraße, sondern auf dem Waldweg in entgegengesetzte Richtung. Bald traf er wieder auf eine schmale asphaltierte Straße und blieb an der Seite stehen. 'Hoffentlich kommt bald ein Auto vorbei, das mich ein Stück mitnehmen kann', dachte er. Ein tuckerndes Geräusch veranlasste ihn, sich umzudrehen. In einiger Entfernung bog ein Traktor mit Anhänger von einem Feldweg auf die Nebenstraße ab und kam direkt auf Thomas zu. Dieser winkte mit beiden Armen, um zu signalisieren, dass der Traktor anhalten sollte, was dieser auch tat. Der Landwirt im Traktor öffnete die rechte Tür und fragte Thomas, ob er mitgenommen werden wollte. Thomas freute sich aufrichtig. „Ich fahre aber nur in den nächsten Ort", meinte der Landwirt. „Aber von da fahren ja Busse nach Halle oder zum Flughafen."

„Das reicht völlig aus. Nochmal vielen Dank." Sie erreichten nach kurzer Zeit einen kleinen Ort, wo Thomas im Ortszentrum das Fahrzeug verließ. Leipzig lag in südlicher Richtung. Anhand des Sonnenstandes konnte Thomas die Richtung Süden grob ausmachen und lief abseits der Straßen entlang Feldrainen und kleinen Feldwegen zurück zur Stadt. Er erreichte Leipzig am frühen Abend und kam dabei auf die Idee, Bernd beim Verlassen des Verlags abzufangen. Als er am Verlagsgebäude ankam, war es bereits 18:00 Uhr und es war unwahrscheinlich, dass Bernd noch in seinem Büro war. Thomas blieb nichts weiter übrig, als sich nach einer anderen Bleibe umzusehen.

Der einzige Mensch, der ihm jetzt noch helfen konnte, war eine alte Klassenkameradin mit Namen Elisabeth Heiner, die in Mölkau, einem Vorort von Leipzig, wohnte. Als Teenie hatte er sich in sie verliebt, aber sich nie getraut, sie anzusprechen. Später, als sie verheiratet war, fiel es ihm leichter, wieder Kontakt zu ihr aufzunehmen. Er hatte sie auch öfter besucht. Sie waren sogar ein paarmal zusammen ausgegangen. Obwohl er gerade sie nicht in diese Sache hineinziehen wollte, hatte er wohl keine andere Wahl. Thomas wünschte sich inständig, dass Elisabeth zu Hause wäre und ihm helfen könnte. Er benötigte eine weitere Stunde zu Fuß, um in Mölkau anzukommen. Elisabeth wohnte am Ortsrand und Thomas erinnerte sich noch sehr genau an das Haus, in dem sie lebte. Als er dort ankam, schaute er im Halbdunkel auf die Namensschilder an den Briefkästen und war sehr erleichtert, dass Elisabeth hier unter ihrem Mädchennamen Heiner wohnte. Er klingelte zweimal kurz, worauf im zweiten Stock ein Fenster geöffnet wurde und tatsächlich Elisabeth zu ihm herabschaute.

„Bist du das, Thomas?", rief sie.

„Ja, darf ich reinkommen?"

„Warte, ich mache die Tür auf." Ein Summton ertönte, und Thomas drückte die Eingangstür nach innen auf. Er lief die Treppe hinauf, wo im zweiten Stock bereits Elisabeth in der geöffneten Wohnungstür stand und ihn verwundert anschaute. „Ich freue mich zwar riesig, dich zu sehen. Aber was ist denn los?"

„Erzähl ich dir drinnen. Es geht um Ralf Wiesner."

„Ja natürlich, komm rein. Ich fühle mich nur völlig überrumpelt und habe mit keinem Besuch heute Abend gerechnet und schon gar nicht mit dir. Wie wär's mit einem Kaffee?"

„Sehr gerne. Wenn es nicht zu große Umstände macht, könntest du mir auch ein Stück Brot geben, da ich fast den ganzen Tag nichts gegessen habe." Während Elisabeth die Kaffeemaschine anstellte und Brot und Wurst auf einen Teller packte, überlegte

Thomas, wie er das in den letzten Stunden Erlebte in Kurzform Elisabeth erzählen könnte. Er kam gar nicht groß zum Nachdenken, denn schon saß sie ihm gegenüber und sah ihn erwartungsvoll an. Thomas erzählte ihr von dem, was ihm passiert war. Elisabeth unterbrach ihn nicht ein einziges Mal, sondern sah ihn mit immer größer werdenden Augen an. „In was bist denn du da bloß reingeraten! Wenn es stimmt, was du erzählst, bist du wahrscheinlich in großer Gefahr. Wie kann ich dir helfen?"

„Ich brauche für ein paar Tage einen Unterschlupf. Würde es dir etwas ausmachen, wenn ich mich hier ein paar Tage verstecken könnte?"

„Das ist kein Problem. Bleib solange du willst, aber halte mich auf dem Laufenden. Zunächst musst du deine Spuren verwischen."

„Ich denke, das habe ich schon. Nach meiner Flucht habe ich keine öffentlichen Verkehrsmittel benutzt und auch nichts eingekauft. Das Handy habe ich weggeworfen und bin, wie gesagt, zu Fuß zu dir gelaufen."

„Na schön. Jetzt musst du erst mal etwas zur Ruhe kommen. Ich mach dir schnell das Bett in meinem Gästezimmer fertig. Dann kannst du dich richtig ausschlafen."

„Das kann ich gar nicht wiedergutmachen. Wenn du mal in Nöten bist, werde ich dir genauso helfen, wie du mir. So etwas, was du tust, ist nämlich nicht selbstverständlich."

„Da lass dir mal keine grauen Haare wachsen, ich mache das gern. Und jetzt gehst du ins Bett. Wir unterhalten uns morgen weiter."

Es war eine unruhige Nacht und Thomas konnte erst spät einschlafen. Am nächsten Morgen weckte ihn Elisabeth, drückte ihm eine nagelneue Zahnbürste in die Hand und schickte ihn unter die Dusche. Nach der Morgentoilette tranken sie gemeinsam Kaffee und Elisabeth meinte: „Was du mir gestern Abend erzählt hast muss sich erst mal bei mir setzen. Was kann ich für dich tun, damit du aus dieser Sache herauskommst?"

„Musst du denn gar nicht arbeiten?"

„Nein, das muss ich nicht, da ich wegen eines Unfalls vor zwei Jahren schwerbehindert und deswegen im Vorruhestand bin. Ich habe weder Kinder noch andere Verpflichtungen. Also stehe ich dir voll zur Verfügung."

„Das kann ich nicht annehmen, da dies nicht ungefährlich sein könnte."

„Das kannst du ruhig mir überlassen. Ich werde schon vorsichtig sein. Was machen wir zuerst?" „Wie wär's, wenn du einen Morgenspaziergang machst und einfach mal schaust, ob irgendwelche Leute oder unbekannte Fahrzeuge vor dem Haus meiner Eltern stehen? Am besten tust du so, als ob du Werbeprospekte verteilst. Sag meinen Eltern bitte Bescheid, dass sie sich keine Sorgen machen sollen und ich mich bei ihnen melden werde, sobald ich es kann."

„Während du dort bist, werde ich mit aller Vorsicht die Gegend erkunden."

Elisabeth nickte zustimmend: „Pass auf dich auf und gib acht, dass dir keiner folgt."

„Ich denke, ich habe meine Verfolger gestern erfolgreich abgeschüttelt."

„Und ich denke, das hast du nicht, denn das erste, was sie tun werden, ist, dir vor deiner Wohnung aufzulauern."

„Danke für den Tipp, ich mache mich mal auf den Weg. Und traue niemanden!"

„Wir treffen uns dann wieder hier, einverstanden? Hier ist noch ein Haus- und ein Wohnungsschlüssel."

„Dann bis nachher."

Thomas machte sich auf den Weg. Beim Verlassen des Hauses schaute er zunächst nach links und rechts, ob irgendwelche Leute auf der Straße waren. Glücklicherweise war niemand zu sehen und so ging Thomas in Richtung des Waldes, in dem der Bunker lag. Als er dort angekommen war, musste er tatsächlich lange suchen, denn die Gegend hatte sich sehr verändert. Offenbar war es inzwischen sogar ein Naturschutzgebiet, denn ein entsprechendes Schild am Wegesrand wies darauf hin. Der Eingang zum Bunker sah noch genauso aus, wie er ihn in Erinnerung hatte. Nur die Eingangstür aus Eisen war noch mehr verrostet. Er öffnete die Tür und stellte dabei fest, dass sie nicht schwer zu öffnen war. Das lag wohl daran, dass Ralf erst vor Kurzem hier gewesen war. Sonnenlicht fiel auf den Boden des Eingangsbereichs, und Thomas konnte erkennen, dass Ralf beim Verlassen des Bunkers die Falltür wieder gut getarnt hatte. Er schob die Holzstücke und die Reste von Pappstücken und Plastikmüll zur Seite und öffnete die Falltür. Bevor er nach unten stieg, verriegelte er die Eisentür von innen. Logischerweise stand er plötzlich im Dunkeln und schlug sich mit der flachen Hand an den Kopf, weil er keine Taschenlampe dabeihatte. Na gut, sein Feuerzeug würde es auch tun. Mit dem flackernden Licht des Feuerzeugs stieg er nach unten und versuchte, sich aus seiner Erinnerung heraus zu orientieren. Da fiel ihm auf, dass in der Ecke unter dem Einstieg eine Taschenlampe lag. Wahrscheinlich hatte Ralf sie dort liegen lassen oder absichtlich hinterlegt. Mit der Taschenlampe war es nun ein Leichtes, sich im Dunkeln des Luftschutzkellers zu orientieren. Thomas schaute sich um und konnte im hinteren Bereich des Luftschutzbunkers einen Stapel alter Zeitungen erkennen. Dass dort welche abgelegt worden waren, daran konnte er sich gar nicht erinnern. Er hoffte, dass Ralf unter dem Stapel etwas versteckt hatte. Als er ihn anhob, sah er, dass es die Pornohefte waren, die sie sich hier heimlich angeschaut hatten. Er leuchtete mit der Taschenlampe darunter und musste feststellen, dass da nichts lag. Daraufhin leuchtete er mit der Taschenlampe in jede Ecke des Luftschutzbunkers, konnte aber nichts entdecken. Im hinteren Teil des Bunkers befand sich ein kleiner Gang, welcher in etwa 80 m Entfernung zu einem Notausstieg führte, der damals für den Fall einer Zerstörung des Eingangsbereiches eine Flucht ermöglichen sollte. Nachdem er den ganzen Gang bis zum Notausstieg abgesucht hatte, fragte sich Thomas, wo Ralf etwas versteckt haben könnte. Da bis auf den Stapel mit Pornoheften der Luftschutzbunker leer war, nahm Thomas an, dass in einem der Hefte vielleicht Hinweise zu finden waren, die Ralf für wichtig gehalten hatte. Als er den Stapel erneut betrachtete, stellte er fest, dass zwischen den Heften eine dicke Kladde verborgen war. Es handelte sich um eine Art Tagebuch von Ralf. Er blätterte die Pornohefte durch, konnte aber nichts weiter entdecken. Thomas steckte das Buch in den Rucksack, den er mitgenommen hatte. Dann ging er auf schnellstem Wege zurück zur Eingangstür. Er hatte die Falltür offengelassen, und so stieg er rasch die fünf Stufen nach oben. In dem Moment, als er den Riegel der Eisentür zurückschieben wollte, hörte er draußen Stimmen. Er verharrte regungslos und versuchte, dem Gespräch von zwei oder mehr amerikanisches Englisch sprechenden Männern, die sich direkt unmittelbar vor der Eingangstür befanden, zu lauschen. Da er sehr gut Englisch verstand, konnte er dem Gespräch mühelos folgen. Er war sich sofort sicher, dass es die zwei Männer von gestern waren.

„Mike, das muss dieser Bunker sein, und ich bin mir sicher, dass dieser Mistkerl noch da drin ist." „Na wunderbar, hoffentlich hat er auch etwas Brauchbares bei sich, Gus."

„Das hoffe ich doch stark, denn warum sollte er sonst dort hineingegangen sein. Er wird ja wohl nicht seine Kindheitserinnerungen auffrischen wollen. Was machen wir eigentlich mit dem Idioten, wenn er wieder rauskommt?", fragte Gus.

„Ganz einfach", kicherte Mike, „wir lassen es wie einen Unfall aussehen und ihn dort liegen. Schließlich ist es dunkel da drinnen und er wird sich wohl wahrscheinlich den Kopf gestoßen haben, ist dann zu Boden gestürzt. Da ihm niemand zu Hilfe gekommen ist, ist er später da drin gestorben. Sicherheitshalber werden wir nachher den Eingang so tarnen, dass ihn niemand finden wird. Was meinst du, könnte sonst noch jemand von dieser Ruine wissen?"

„Wenn man davon ausgeht, dass für diese beiden das hier ein todsicheres Versteck war, werden maximal noch ein paar alte Leute im Ort davon wissen. Dabei bin ich mir sicher, dass die keine regelmäßigen Spaziergänge dahin machen werden."

„Dann schlage ich vor, dass wir uns hier im Gebüsch verstecken, bis er herauskommt."

„Gute Idee. Machen wir es uns da drüben bequem."

Thomas lief nach dem gerade Gehörten ein kalter Schauer über den Rücken. Erstens, weil die zwei da draußen ihn umbringen wollten und zweitens, dass sie ihn überhaupt gefunden hatten. So leise wie möglich, kletterte er wieder nach unten und verschloss die Falltür ohne ein Geräusch zu machen. Die Falltür hatte glücklicherweise ebenfalls einen Riegel, den man von innen angebracht hatte. Um es seinen Verfolgern schwerer zu machen, falls sie den Bunker betreten sollten, zog er sich den Schnürsenkel aus dem linken Schuh, band das eine Ende an die Leiter und wickelte das andere um den Griff des Riegels. Irgendwie dachte er schadenfroh, dass die beiden Herren wohl ganz schöne Probleme haben würden, um in den Keller des Bunkers zu kommen. Mit der Taschenlampe hatte er keine Schwierigkeiten, an das andere Ende des Bunkers zum Notausstieg zu gelangen. Er hob die Tür des Notausstiegs leicht an und stellte dabei fest, dass das nicht so einfach war, denn sie schien längere Zeit nicht benutzt worden zu sein. Ein Haufen Dreck und Steine lagen oben auf. Er drückte die Tür so weit auf, dass er durch einen schmalen Spalt die Umgebung sehen konnte. Höchstwahrscheinlich war da niemand, denn seine Verfolger warteten ja am anderen Ende des Bunkers.

Ringsum stand dichtes Gestrüpp. Thomas kroch heraus und weiter in den Wald hinein. Nach etwa 100 m richtete er sich auf und lief geduckt bis zur nahe gelegenen Straße an einer Siedlung. Er schaute kurz zurück, um sich zu vergewissern, dass ihm niemand folgte. Das war nicht der Fall, und so schlug er einen großen Bogen um das Waldgebiet und begab sich dann zurück zu Elisabeths Wohnung.

Sie erwartete ihn bereits und konnte kaum ihre Neugier im Zaum halten: „Und? War was im Bunker?"

„Ja, inklusive einem Empfangskomitee davor", sagte Thomas. „Ich weiß zwar nicht wie, aber die müssen mich irgendwie geortet haben. Wahrscheinlich haben die mich irgendwo verwanzt. Die wollen bestimmt wissen, ob Ralf irgendwelche Dokumente versteckt hat. Falls das so ist, habe ich auch eine Idee, wie ich die Wanze samt den Verfolgern loswerde."

„Ich bin gespannt, wie du das machen willst."

„Könntest du mir bitte ein paar Ersatzklamotten geben? Dann packe ich meine alten Sachen inklusive der Schuhe und dem Portmonee in den Rucksack. Das Ganze schenke ich zusammen mit meinem Autoschlüssel einem dieser Loser, die sich hoffentlich vor dem Supermarkt herumtreiben, gebe ihm den Rucksack und schenke ihm meinen Wagen. Selbstverständlich mit der Auflage, ihn wenigstens 50 km in Richtung Nordosten zu fahren. Dich würde ich bitten, nichts mehr zu tun, denn ich möchte dich nicht tiefer hineinziehen. Hat alles mit meinen Eltern geklappt?"

„Ja. Natürlich wollten sie mehr von mir wissen, aber ich habe ihnen gesagt, dass du dich meldest, sobald es möglich ist."

„Elisabeth, es wird Zeit für mich zu verschwinden."

„Und wo willst du jetzt hin?"

„Keine Ahnung, aber hier wird es für mich und auch für dich zu gefährlich."

„Pass auf. Ich kenne jemanden in Leipzig, zu dem kannst du gehen. Er heißt Mark Richter. Sag ihm einfach, dass Elisabeth den alten Brummbär grüßt."

„Brummbär?"

„Ist eine lange Geschichte; ich schreib dir die Adresse auf."

„Und was ist mit dir?"

„Ich fahre zu meiner Freundin nach Köln."

Elisabeth suchte ihm noch ein paar Sachen ihres Ex-Mannes heraus; sie hatte sogar ein paar passende Schuhe und schrieb ihm die Adresse von „Brummbär" auf einen Zettel. Thomas zog die Sachen an, umarmte Elisabeth und versprach ihr, zurückzukommen und alles zu erzählen, wenn die Sache vorbei war. Nachdem er seine alten Sachen im Rucksack verstaut hatte, verließ er das Haus.

Er lief zum nahe gelegenen Supermarkt in der Annahme, dass wie früher dort der Treffpunkt für die Gescheiterten und Obdachlosen war. Tatsächlich saßen am Rand des Supermarktes drei Männer älteren Semesters, von denen er annahm, dass sich diese etwas Geld verdienen wollten. Der erste der drei Männer war etwa fünfundfünfzig und hatte schon jede Menge graue Haare. Er machte einen einigermaßen ungepflegten Eindruck und Thomas fragte ihn, ob er ein Auto geschenkt haben möchte. Der Angesprochene hielt das zunächst für einen Scherz und fragte Thomas, ob er ihn verarschen wolle.

„Nein, ich meine das ernst. Das Auto steht in der Sophie-Scholl-Straße hier im Ort und ist ein 20 Jahre alter BMW. Außerdem kannst du alles behalten, was ich in diesem Rucksack habe."

„Was ist denn drin?"

„Ein paar Sachen zum Anziehen und eine aufgeladene Geldkarte (es waren etwa 100 € als Guthaben gespeichert; tatsächlich gab es den Euro nicht mehr als Bargeld, sondern nur noch als Verrechnungswährung). Hier sind die Autopapiere und der Rucksack. Die einzige Bedingung, die ich habe, ist, dass du mit dem Auto etwa 50 km nach Nordosten fährst. Du solltest dann in der Kleinstadt Torgau ankommen. Ab da gehört das Auto endgültig dir. Ich würde aber empfehlen, es so schnell wie möglich zu verkaufen."

„Dann ist es wohl geklaut?"

„Hätte ich dann noch die Originalpapiere?"

„Nein, sicher nicht. Abgemacht!" Thomas übergab ihm den Rucksack und die Papiere vom Auto inklusive Zündschlüssel. Er winkte den dreien kurz zu und machte sich zu Fuß auf den Weg nach Leipzig.

Gus und Mike saßen derweil seit über zwei Stunden vor dem Eingang des Bunkers, als ihnen endlich klar wurde, dass sie vergeblich warteten. „Gus, hol mal die Brechstange aus dem Auto, ich glaube, der hat uns gelinkt." Gus rannte zum Auto, holte die Brechstange und ging zur Eingangstür des Bunkers. Es machte keinerlei Mühe, die Tür aufzubrechen. Die Falltür machte da schon mehr Probleme. Die ließ sich zwar anheben, aber irgendetwas verhinderte, dass sie ganz geöffnet werden konnte. Gus kniete sich auf den Boden und schaute unter die leicht geöffnete Falltür. „Der hat an der Tür einen Strick oder so was angebunden." Mike nahm sein Klappmesser aus der Hosentasche und gab es Gus. Nach ein paar Fehlversuchen konnte er den Strick durchschneiden. Die beiden öffneten die Falltür nun problemlos und stiegen hinunter. Mike hatte glücklicherweise eine Minitaschenlampe an seinem Schlüsselbund. Der Bunker war leer; als Mike den nach hinten führenden Gang sah, fing er laut zu fluchen an. Gus wusste, dass sie sich jetzt beeilen mussten, um ihre „Zielperson" noch abzufangen. „Schnell zum Auto, der hat ja noch den

Peilsender bei sich! Wir schauen mal, wo er jetzt ist", rief Mike. Sie schalteten im Auto ihren Mini-PC auf dem Armaturenbrett ein. Dabei diente die ganze Frontscheibe als Projektionsfläche. Anhand des Bewegungsprofils konnten sie genau sehen, wo Thomas die letzten 2 Stunden war. Gus schlug vor, zunächst die Wohnung zu durchsuchen, wo Thomas sich zuletzt aufgehalten hatte. „Er fährt gerade gemächlich nach Nordosten; den holen wir später schnell ein", sagte Gus.

„Also dann los!" Mit durchdrehenden Reifen fuhren die beiden zur Wohnung von Elisabeth Heiner, stürzten aus dem Auto, und klingelten Sturm an einer Wohnung im 1. Stock. Der Summer ertönte. Gus und Mike drückten die Tür auf, liefen das Treppenhaus nach oben, und klingelten mehrmals an der Tür zu Elisabeths Wohnung.

Elisabeth schaute von drinnen durch den Spion und wusste sofort, was das zu bedeuten hatte. „Wer sind Sie und was wollen Sie?", rief sie.

„Wir sind vom Staatsschutz und wollten gern mit Thomas Bauer sprechen", rief Mike in akzentfreiem Deutsch.

„Der ist nicht hier!"

„Machen Sie sofort die Tür auf!" Elisabeth lief in die Küche, wo ihr Handy lag und wählte den Notruf. Die Polizei würde es orten und hoffentlich bald hier sein. Sie schrie in Richtung Eingangstür: „Ich habe die Polizei gerufen, sie wird gleich hier sein, also verschwindet!"

„Sie lässt uns keine Wahl!" Mike war überaus kräftig; er nahm kurz Anlauf und krachte mit der Schulter gegen die Wohnungstür. Diese gab sofort nach; beide stürzten in die Wohnung und sahen, wie eine Frau versuchte, aus dem Fenster zu klettern. „Da ist die Schlampe!", rief Mike. Gus hechtete zum Fenster, erwischte Elisabeth an den Haaren und zog sie zurück in die Wohnung.

Mike hatte für solche Fälle vorgesorgt. Er nahm ein dünnes Draht-seil aus der Tasche und schlang es Elisabeth um den Hals. Elisa-beth wehrte sich energisch, aber gegen die Bärenkräfte von Mike hatte sie keine Chance. Als sie sich nicht mehr bewegte, rief Gus: „Los weg hier, bevor die Bullen kommen!" Die beiden verließen die Wohnung und liefen, so schnell es ging, die Treppe hinunter. Unten angekommen, registrierten sie befriedigt, dass kein Mensch zu sehen war. Auch ließ sich keiner an einem der Fenster des Hauses blicken. Sie stiegen ins Auto und nahmen die Verfol-gung des Peilsenders auf.

Im Süden von Leipzig lag das Stadtviertel Connewitz, das für seine alternativ-linke Szene bekannt war. Am Rand dieses Vier-tels sollte Thomas den Bekannten von Elisabeth treffen. Die Woh-nung war leicht zu finden. Sie befand sich direkt an der Haupt-straße im Dachgeschoss eines verfallenen Hauses. Nach kurzem Klingeln tönte aus der Sprechanlage eine kratzende Stimme: „Wer ist da?" Thomas nannte seinen Namen und dass er den Brumm-bär ganz herzlich von Elisabeth Heiner grüßen solle. „Elisabeth? Wirklich? Ich mach auf." Die Tür öffnete sich und Thomas stieg die Treppen bis zur Wohnung in der ersten Etage hinauf. In der offenen Tür stand ein Mittvierziger mit einer Halbglatze und schaute ihn fragend an. „Komm erst mal rein." Thomas betrat die Wohnung, zog die Schuhe aus und folgte dem Mann in die Küche. „Setz dich." Mit dem Rücken zur Wand setzte sich Thomas auf einen Stuhl.

„Ich bin Mark Richter und Elisabeth war eine Kollegin von mir." sagte der Mann.

„Und ich heiße Thomas und bin mit Elisabeth in eine Klasse ge-gangen. Sie wollen bestimmt wissen, warum ich hier bin."

„Sicher, aber wir duzen uns hier in der Regel." Mark lächelte Thomas an. „Du brauchst wohl Hilfe." „Ja, ein Freund von mir wurde getötet; weil er mir Informationen über die Machenschaften seiner Firma zugänglich machen wollte. Derzeit arbeite ich nämlich bei den „Leipzig News" und er hatte wohl gehofft, dass ich ihm helfen könnte. Seitdem werde ich verfolgt und versuche, die Sache aufzuklären."

„Dann bleib hier, solange du willst."

„Vielen Dank, aber ich denke, dass ich nicht länger als 2 Tage brauche."

Mark zeigte ihm seine Schlafstelle und sagte dann: „Essen ist im Kühlschrank und auch ein Bier. Ich muss jetzt zu einer Probe, da ich als Schauspieler heute einen Auftritt im Theater habe."

„Kein Problem, ich komm zurecht." Nachdem Mark die Wohnung verlassen hatte, setzte sich Thomas auf seinen Schlafplatz und nahm Ralfs Aufzeichnungen aus seiner Jackentasche. Ralf hatte sie wohl als Sprachdatei aufgenommen und nach dem Ausdrucken (zusammen mit seinen Laboraufzeichnungen) notdürftig zusammengeheftet. Auf der ersten Seite war die Adresse des Arbeitgebers von Ralf -Nanosearch- eingetragen. Auf der zweiten Seite des Tagebuchs begannen die persönlichen Einträge von Ralf. Nachdem er sich das Bier geholt hatte, begann er zu lesen.

Kapitel 2

Das Tagebuch

„4. April 2030

Es ist mein allererster Tag bei meinem neuen Arbeitgeber. Unglaublich, wie groß das einige Kilometer südlich des MIT (Massachusetts Institut of Technology) gelegene Gelände des Gewerbegebietes ist. Ganze Ewigkeiten musste ich suchen, bis ich das richtige Gebäude gefunden hatte. Ich klingelte am Eingang des vermutlichen Hauptgebäudes. Man bat mich, meinen Namen und mein Anliegen zu nennen. Nach etwa 5 Minuten kam ein Mann im Laborkittel zur Tür, stellte sich als Andrew Hiller vor und begleitete mich zur Verwaltung. Dort habe ich alle möglichen Formulare ausgefüllt. Danach brachte er mich zum Forschungsdirektor namens Roger Jones. Dieser erwartete mich bereits und begrüßte mich herzlich. Er schlug vor, dass ich morgen um 9:00 Uhr mit ihm eine Führung durch die Labore machen solle. Andrew fuhr mich anschließend mit dem Auto von Mr. Jones zu meiner Unterkunft. Die Wohnung ist in einem viergeschossigen Haus. Es ist eine nette kleine Single-Wohnung (mit Balkon). Als persönlicher Assistent von Mr. Jones ist Andrew so etwas wie ein Mädchen für alles. Er kümmert sich um alle Belange und Sorgen der Wissenschaftler. Andrew gab mir seine Nummer und ermunterte mich, keine Scheu zu haben, ihn bei Bedarf anzurufen. In der neuen Wohnung angekommen, packte ich meine Sachen aus und machte danach eine kleine Erkundung der Umgebung. Dabei habe ich mit Freude festgestellt, dass die Gebäude von Nanosearch keine 300m von hier entfernt liegen. Auf meinem ersten Rundgang kam ich auch an einer Western-Kneipe, einem Café und einer Pizzeria vorbei. Es gibt auch eine Diskothek. Für den Anfang machte das keinen schlechten Eindruck. Ich ging wieder zurück, um mich für eine Weile auszuruhen."

„5. April 2030

Heute Vormittag habe ich mit Mr. Jones einen Rundgang durch die Forschungsabteilungen unternommen. Auf dem Gelände von Nanosearch befinden sich insgesamt drei Gebäude. Das größte ist das eigentliche Forschungsgebäude. Es ragt drei Stockwerke nach oben; nach unten gibt es aber unglaubliche 10 Untergeschosse. Laut Mr. Jones wurde es deshalb so gebaut, weil es auf dem Gelände nur wenig Platz für alle Einrichtungen gab. Etwas erstaunt bin ich über die Sicherheitsmaßnahmen. Überall Wachleute! Dazu zieht sich ein elektrisch gesicherter Zaun um das ganze Gelände. Auf meine Frage, ob das nötig sei, sagte Mr. Jones, dass die Arbeiten auf einem so sensiblen Forschungsgebiet hohe Sicherheitsmaßnahmen erfordern. Denn die Forschungsergebnisse hätte wohl jeder gern, da man sicher eine Menge Geld mit Nanotechnologie verdienen könne.

Nach dem Rundgang führte mich Mr. Jones in den Konferenzsaal, wo sich alle Mitarbeiter versammelt hatten. Er gab mir die Gelegenheit, mich vorzustellen und in ein paar kurzen Sätzen mein Forschungsgebiet zu umreißen. Einige der Anwesenden kannten wohl meine Arbeiten, denn sie winkten mir freundlich zu. Mr. Jones begrüßte mich offiziell und wünschte mir für meine zukünftige Arbeit alles Gute. Wir gingen anschließend in die Cafeteria, wo er mich zu einem Kaffee einlud und mit mir meinen weiteren Terminplan besprach.

Am Nachmittag geleitete er mich noch zu meinem zukünftigen Arbeitsbereich und stellte mich den neuen Kollegen vor. Das Team besteht aus insgesamt zehn Leuten, wobei in unserem Forschungsbereich die Entwicklung verschiedenster Nanopartikel im Fokus steht. Als ich die ganzen Analysegeräte sah, die selbstverständlich auf dem modernsten Stand sind, war ich ganz aus dem Häuschen. Ich kann gar nicht erwarten, mit meiner Arbeit zu beginnen. Selbst ein Ofen großen Kalibers für Arbeiten im Vakuum ist vorhanden. Mit dem vorhandenen Equipment werde ich sicher bald Fortschritte in meinen Forschungen machen. Die neuen Kollegen sind Chemiker, Physiker und Biologen und alle sehr nett. In sämtlichen Forschungsabteilungen gibt es solche Teams. Einmal wöchentlich stellt jedes Team seine Ergebnisse den anderen Abteilungen vor. Neben uns gibt es eine Abteilung, die sich mit der Wirkung von Nanopartikeln auf Organismen, wie Zellen, Mäusen oder Affen, befasst. Außerdem gibt es eine größere ingenieurtechnische Abteilung, die alle möglichen Geräte und Apparaturen nach den Wünschen der Teams baut und für die ordnungsgemäße Funktion sämtlicher Geräte und Apparaturen zuständig ist. In einer weiteren Abteilung wird an der Verknüpfung verschiedenster Antikörper mit Nanopartikeln geforscht. Hier werden Tarnmechanismen für Nanopartikel zur Umgehung einer Immunantwort untersucht. Die letzte große Abteilung ist die Computerabteilung. Dort befasst man sich mit der Wechselwirkung von Nanopartikeln mit Enzymen, Proteinen in Abhängigkeit von deren Oberflächenstrukturen.

Heute ist Freitagabend und wir werden noch mit dem gesamten Team essen gehen. Da kann ich meine Forschungsideen vorstellen."

„8. April 2030

Mein erster richtiger Arbeitstag! Ich habe mich mit meinen neuen Kollegen abgestimmt, zunächst mit auf Kohlenstoff basierenden Nanopartikeln zu arbeiten. Dazu werde ich mit Nanoröhrchen aus Kohlenstoff versuchen, käfigartige Strukturen zu erzeugen."

Es folgte eine längere Abhandlung über die von Ralf durchgeführten Experimente. Thomas las die Schilderungen „quer". Im Tagebuch waren für jeden Arbeitstag Einträge vorhanden, allerdings ähnelten sich diese über Wochen sehr und spiegelten die Schwierigkeiten der Versuche und Untersuchungen wider. Der nächste interessante Eintrag datierte von Anfang Mai.

„2. Mai 2030

Die bisherigen Forschungen haben gezeigt, dass meine Idee, Nanoröhrchen zu käfigartigen Strukturen zu verbinden, wahrscheinlich nicht möglich ist. Deshalb habe ich beschlossen, nur mit kugelförmigen Kohlenstoffeinheiten zu arbeiten. Diese 'Fullerene'[1*] sind relativ leicht herzustellen und wären ideale Kandidaten für den Transport von Molekülen. Die große Schwierigkeit besteht leider darin, ein kleines Molekül in einen solchen 'Käfig' einzubetten und es später aus einem solchen auch wieder freizusetzen. Deshalb habe ich den Herstellungsprozess etwas modifiziert. Solche 'Fullerene' sind leicht durch Sublimation von Kohlenstoff im Vakuum herzustellen. Wenn ich diesen Prozess der Sublimation störe, erhalte ich hoffentlich fragmentierte Kohlenstoffeinheiten. Idealerweise wären das halbkugelförmige Strukturen."

Wieder erfolgten über Wochen nur Einträge zu diesem eingeschlagenen Forschungsweg. Erst am 24. Mai war wieder eine für

---

1 sphärische Moleküle aus Kohlenstoffatomen, welche weitere Modifikationen des chemischen Elements Kohlenstoff darstellen.

Thomas' interessante Notiz vermerkt, mit der er etwas anfangen konnte.

„24. Mai 2030

Endlich habe ich erste Erfolge zu verzeichnen. Durch gezielte Störung der Bildung von 'Fullerenen' ist es mir endlich gelungen, kleine Fragmente zu erhalten, die zwar nicht kugelförmig, aber immerhin auch nicht ganz eben sind. Wir können nun erste Proben dieser Fragmente für die Untersuchung der Wirkung Organismen in die biologische Abteilung liefern. Jetzt beschäftige ich mich zusammen mit meinen Kollegen mit der Trennung der unterschiedlich großen Partikel. Wir haben lange diskutiert, wie wir solche Fragmente nutzen könnten, um damit andere Moleküle abzuschirmen, damit das Immunsystem diese nicht erkennen kann. Es bestand einhellig die Meinung darin, die Fragmente durch äußere Einwirkung in einigermaßen halbkugelige Strukturen zu zwingen."

Thomas blätterte weiter.

„19. Juni 2030

Wir haben es geschafft, Fraktionen von Kohlenstoff-Verbünden mit definierter Größe herzustellen. Aus der biologischen Abteilung haben wir inzwischen auch die ersten Ergebnisse vorliegen. Es wurden keine negativen Auswirkungen unserer Fragmente auf den Stoffwechsel von Zellen oder auf das Verhalten der Labortiere beobachtet. Das stimmt uns sehr optimistisch, denn in der nächsten Stufe wollen wir die Kohlenstoff-Verbünde gezielt mit Fremdatomen dotieren. Diese Fremdatome sollen später das Andocken von Antikörpern oder anderen Molekülen, wie beispielsweise Eiweißen oder Zuckern, erleichtern."

Es folgten weitere Beschreibungen der Fortschritte von Ralfs Arbeit. Erst im Januar des darauffolgenden Jahres waren neue Fortschritte in den Tagebuchnotizen vermerkt.

„6. Januar 2031

Nach den Weihnachtsfeiertagen gehen wir mit neuem Optimismus an unsere Arbeit. Über die Feiertage hat nur die biologische Abteilung gearbeitet und die Dauerauswirkung unserer Proben beobachtet sowie die Ergebnisse der Blut- und Gewebeproben dokumentiert. Nach Aussagen der dortigen Kollegen gibt es bei keinem der Versuchstiere oder Zellproben irgendwelche Auffälligkeiten. Da viele der Kollegen Zeit und Muße hatten, sich neben den besinnlichen Stunden auch mit dem Fortgang ihrer Forschung zu beschäftigen, ist unser Physiker Ted auf eine geniale Idee gekommen. Er schlägt vor, unsere Kohlenstoff-Verbünde mit sich selbst organisierenden Molekülen zu mischen. Als geeignet befindet er Polymer-Bruchstücke, die sich unter bestimmten Bedingungen zu unterschiedlich ausgebildeten Strukturen formen und die Fähigkeit zur Selbstorganisation haben."

Über Wochen waren in dem Tagebuch nur die Versuchsreihen beschrieben, die die Herstellung von einheitlichen und geeigneten Polymer- Bruchstücken betrafen. Erst einige Seiten später fand sich ein weiterer, für Thomas verständlicher Eintrag vom Mai 2031.

„7. Mai 2031

Endlich! Wir haben einen kleinen Durchbruch erzielt! Es ist uns erstmals gelungen, bestimmte Fraktionen unserer Kohlenstoffverbindungen zu einer einigermaßen halbkugelförmigen Struktur zu zwingen. Dazu haben wir Polymerstücke durch das Einwirken von elektromagnetischer Wellen veranlasst, eine klammerartige Struktur zu bilden. In einer Mischung mit unser kürzlich hergestellten Kohlenstoff-Fraktion C-211 in einem inerten[2] Medium ist es uns nun gelungen, unsere Fragmente aus Kohlenstoff in eine solche Struktur zu zwingen!"

„8. Mai 2031

Wir haben unsere neuartige Verbindung auf mechanische Stabilität geprüft. In verschiedenen Lösungsmitteln, aber auch in Wasser ist diese Struktur bei Temperaturen bis zu 100 °C absolut unverwüstlich. Mit großer Spannung erwarten wir nun die Ergebnisse der biologischen Abteilung. Interessanterweise zerfällt un-

---

2   inert= lat. für träge, untätig

sere Verbindung bei einer erneuten Einstrahlung elektromagnetischer Strahlung mit kürzerer Wellenlänge. Allerdings ist es nicht die Wellenlänge, bei der sich diese Struktur gebildet hat. Eigenartigerweise sind dazu keine hohen Energien notwendig. Das lässt darauf schließen, dass irgendein Abschnitt der Verbindung durch elektromagnetische Wellen in Schwingungen versetzt werden kann, die die Struktur der Nanopartikel empfindlich destabilisiert."

„9. Mai 2031

Heute haben wir unseren ersten schweren Rückschlag hinnehmen müssen. Die biologische Abteilung hat uns darüber informiert, dass unsere Probe C-211 nach kurzer Zeit sämtliche Versuchstiere getötet hat. Weitere Tests mit der Verbindung ergaben, dass auch Zellkulturen nach kurzer Zeit abstarben. Es ist uns ein völliges Rätsel, was eine solche Reaktion hervorgerufen haben könnte. Wir haben die biologische Abteilung gebeten, uns Proben der Zellkultur für rasterelektronenmikroskopische Untersuchungen zur Verfügung zu stellen. Gleichzeitig haben wir die spezifische und unspezifische Bindung unserer Verbindung an Rezeptoren oder Zellwände diskutiert."

Tagelang waren im Tagebuch nur Einträge mit Notizen zu Untersuchungen und Analytik der Probe C-211 enthalten.

„19. Mai 2031

Auf unserer wöchentlichen Konferenz mit anderen Abteilungen haben wir die Ergebnisse unserer Untersuchungen in Anwesenheit von Mr. Jones eingehend diskutiert. Mr. Jones war wegen des Rückschlags gar nicht so enttäuscht, wie man es vielleicht vermutet hätte. Er bestärkte die Teams, den Fokus der Arbeit auf die Ursache der Wirkung der Substanz C-211 zu konzentrieren, da er darin die Möglichkeit einer Aufklärung der generellen Wirkmechanismen von Nanopartikeln auf Zellen sieht. Das ist natürlich einleuchtend. Wenn wir wissen, warum die Probe C-211 so verheerend auf Zellen und Labortiere wirkt, können wir später hergestellte Nanopartikel so 'designen', dass schädliche Auswirkungen unterbleiben. Er hat uns gebeten, unbedingt an unserer aussichtsreichen Arbeit mit Käfigmolekülen festzuhalten, denn aus seiner Sicht steht unsere Forschung nicht an einem Scheidepunkt, sondern vor einem Durchbruch.“

Nach seitenlangen Beschreibungen von Untersuchungen der Substanz C-211 und der Diskussion der Ergebnisse aus der biologischen Abteilung (über Monate hinweg), fand sich der nächste aufschlussreiche Eintrag im Tagebuch erst kurz vor Weihnachten des Jahres 2031.

„18. Dezember 2031

Wir konnten endlich eine Erklärung für die tödliche Wirkung der Substanz C-211 auf Organismen finden. Offenbar ist durch eine

Fremdeinstrahlung von außen die Substanz im Körper der Versuchstiere plötzlich zerfallen. Die Fragmente haben sich mehr oder weniger spezifisch an Zellmembranen in verschiedenen Organen geheftet und den Stoffwechsel praktisch unterbunden. Das ist natürlich eine sehr interessante Erkenntnis, denn wenn es uns gelingt, die Zerfallsprodukte daran zu hindern, sich überhaupt irgendwo anzulagern, dann hätten wir ein ideales Transportvehikel für Moleküle aller Art. Diese könnten zu einem bestimmten Zeitpunkt durch elektromagnetische Strahlung gleichzeitig freigesetzt werden. Damit ist der weitere Fahrplan unserer Forschungen festgelegt. Es müssen Fragmente gefunden werden, die nur geringen oder keinerlei Schaden an Organismen oder Zellen hervorrufen können. Vielleicht hängt die Wirkung der Fragmente von deren Größe ab? Auf jeden Fall stehen uns wieder einmal langwierige und aufwendige Testreihen bevor."

„19. Dezember 2031

Bei der jährlich stattfindenden Weihnachtsfeier mit Sekt und einem kleinen Buffet hielt Mr. Jones eine Ansprache an die Mitarbeiter mit einem Rückblick auf das vergangene Jahr. Er wirkte sehr zufrieden und lobte insbesondere die Arbeit unserer Abteilung, die wesentlich zu den Fortschritten bei der Entwicklung medizinisch relevanter Nanopartikel beigetragen habe. Obwohl wir in diesem Jahr einen herben Rückschlag zu verzeichnen hatten, war das jedoch eine Gelegenheit, die Entwicklung von Nanopartikeln zu intensivieren."

Ralf hatte wohl über die Weihnachtsfeiertage einen längeren Urlaub genommen, denn der nächste Eintrag in sein Tagebuch datierte Mitte Januar des Jahres 2032.

„12. Januar 2032

Der Urlaub über die Weihnachtsfeiertage hat mir sehr gut getan. Mit neuem Elan können wir an der Entwicklung von käfigartigen Nanopartikeln arbeiten. Mr. Jones hat uns am Vormittag im Labor besucht und uns gefragt, ob vielleicht die Oberflächenstruktur der Nanopartikel einen größeren Einfluss auf ihre Bindung an Zellmembranen haben könnte. Ehrlich gesagt, habe ich daran noch gar nicht gedacht. Ich war immer davon ausgegangen, dass eine spezifische Bindung von Nanopartikeln an Membranen oder Rezeptoren nur eine untergeordnete Rolle spielt. Wahrscheinlich habe ich mich geirrt. In meinen Untersuchungen werde ich mich jetzt auch auf die Herstellung und Untersuchung verschieden großer Fragmente aus einheitlichen Kohlenstoff-Verbünden konzentrieren."

„13. Januar 2032

Zwei Kollegen aus meinem Team sind gestern nicht zur Arbeit gekommen. Wie ich erfahren habe, sind auch in der biologischen Abteilung mehrere Kollegen ausgefallen. Wir sind bei Mr. Jones vorstellig geworden, da wir vermuten, dass die ständige Arbeit mit Nanopartikeln starke gesundheitliche Nebenwirkungen hervorrufen könnte. Mr. Jones hat sofort veranlasst, sämtliche Arbeiten mit Nanopartikeln ohne weitere Schutzmaßnahmen zu unterlassen."

„14. Januar 2032

Die Arbeiten in unserer und auch in der biologischen Abteilung werden bis auf weiteres eingestellt. Uns wurde mitgeteilt, dass im neunten Untergeschoss mehrere Räume für uns hergerichtet werden. Die Räume werden ähnlich den Sicherheitseinrichtungen bei Arbeiten mit hochansteckenden Krankheitserregern gestaltet. Diese Isolationsbereiche werden noch im Laufe der Woche für uns zur Verfügung stehen. Da seitens Mr. Jones der Wunsch besteht, größere Mengen unserer Nanopartikel für die Untersuchung durch Labore der Kooperationspartner von Nanosearch bereitzustellen, befassen wir uns mit der Konzipierung einer entsprechenden Anlage zur Herstellung solcher Fragmente."

Die nächsten Seiten waren angefüllt mit Beschreibungen der geplanten Anlage und der Produktion von Fragmentfraktionen. Thomas las weiter.

„19. Januar 2032

Unsere neuen Arbeitsräume sind endlich fertig. An das Arbeiten unter Schutzkleidung muss man sich allerdings erst gewöhnen. Das routinemäßige Arbeiten wie in den alten Räumen wird in den neuen noch etwas Zeit benötigen. Mr. Jones hat uns am Nachmittag in den Konferenzraum zu einer kurzfristigen Team-Besprechung eingeladen. Er informierte uns über den Gesundheitszustand der erkrankten Kollegen und hat uns dahingehend beruhigt, dass alle Kollegen wieder auf dem Weg der Besserung seien. Wir sind alle der Meinung, dass die zu erwartende Wirkung von Nanopartikeln auf den menschlichen Organismus höchste Sicherheitsmaßnahmen erfordern. Selbst der Versand von Proben an andere Labore erfolgt nun in vakuumversiegelten Päckchen. Der Transport der Proben erfolgt generell mit Spezialtransportern der Firma zu den anderen Laboren."

„20. Januar 2032

Nach unseren Erkenntnissen und den vorliegenden Ergebnissen der biologischen Abteilung scheint es so zu sein, dass nur mittelgroße Fragmente stark negative Einflüsse auf den Stoffwechsel von Zellen haben. Sehr kleine und sehr große Fragmente sind offenbar nicht in dem Maße in der Lage, sich an die Membranen von Zellen (bzw. Proteine oder Enzyme) anzulagern und den Stoffwechsel zu beeinträchtigen. Allerdings werden die Nanopartikel generell nur sehr langsam (wenn überhaupt) aus dem Körper der Versuchstiere ausgeschieden."

Thomas war kein Wissenschaftler, so dass er weit davon entfernt war, sich ein Urteil über die Arbeit von Ralf zu machen. Aber dieser hätte ihm sicher nicht auf Umwegen dieses Tagebuch zukommen lassen. Irgendetwas Wichtiges musste im Tagebuch enthalten sein. Hatte er etwas übersehen? Er hoffte, im hinteren Teil aufschlussreiche Informationen dazu zu erhalten.

Nach ausführlichen Beschreibungen der Produktion verschieden großer Fragmente in der neuen Anlage fand Thomas den nächsten relevanten Eintrag im März.

„9. März 2032

Unser Team ist wieder vollzählig. Die erkrankten Kollegen sind wieder völlig gesund und einsatzfähig. Neue Ergebnisse aus der biologischen Abteilung haben uns darin bestätigt, dass nur die mittelgroßen Nanopartikel störend auf den Zellstoffwechsel wirken."

„12. März 2032

In unserer wöchentlichen Konferenz haben wir Mr. Jones unsere neuen Forschungsergebnisse vorgestellt. Er war von den Ergebnissen recht angetan und bat uns, auch von den mittelgroßen Nanopartikeln nach unserer bewährten Methode größere Mengen herzustellen. Nach seiner Vorstellung benötigte er rund ein Kilo. Das war sehr viel. Wir haben ihn gefragt, wozu wir so eine große Menge herstellen sollten, da beim Zerfall dieser Käfigmoleküle die besonders aktiven und damit schädlichen Fragmente freigesetzt werden. Er hat uns darüber in Kenntnis gesetzt, dass die Investoren genau darüber mehr wissen wollen, da auch negative Auswirkungen von Nanopartikeln auf Säugetiere abgeklärt werden müssen. Es ist zwar für mich wenig einleuchtend, aber da es sich bei einem Säugetier um einen sehr komplexen Organismus handelt, ist vielleicht die Anwendung von Nanopartikeln auf eine größere Zahl von Versuchstieren aufschlussreich. Ich habe das mit meinen Kollegen im Anschluss im Labor nochmals diskutiert. Alle fragen sich, ob die Herstellung und Untersuchung dieser Fragmente nicht wertvolle Ressourcen und Arbeitszeit verschwendet. Aber wie es doch so schön heißt: 'Wes Brot ich ess, des Lied ich sing.' Ich weiß gar nicht, wieso mir gerade dieser Spruch eingefallen ist."

Der nächste für den Fortgang interessante Eintrag stammte von Anfang April.

„5. April 2032

Wir haben heute genau die Ergebnisse erhalten, die wir erwartet haben. Der Einsatz von Käfigmolekülen aus mittelgroßen Fragmenten und deren Freisetzung führt zum Tod der Versuchstiere binnen kurzer Zeit. Unsere Techniker haben der biologischen Abteilung einen kleinen Sender gebaut, mit der die Wirkung elektromagnetischer Strahlung unterschiedlicher Frequenzen auf Nanopartikel im Körper der Versuchstiere untersuchen werden kann. Es ist tatsächlich so, dass unsere Nanopartikel bei einer bestimmten Funkwelle in ihre Fragmente zerfallen. Versuchstiere, die solchen Funkwellen nicht ausgesetzt werden, verhalten sich normal, und auch die Blut- und Gewebeproben sind nach Wochen unauffällig. Jedoch kann auch nach Wochen der Zerfall der Nanopartikel ausgelöst werden. Es sterben aber weniger Versuchstiere, weil wahrscheinlich ein Teil der Nanopartikel ausgeschieden wurde."

Im Tagebuch waren nun über Seiten verschiedene Versuchsreihen aufgeführt, von deren Zweck Thomas keine Ahnung hatte. Er überblätterte diese ellenlangen Beschreibungen.

„18. August 2032

Heute habe ich in einer ruhigen Minute mit Mr. Jones gesprochen. Ich habe ihn gefragt, wann wir endlich unsere Ergebnisse veröffentlichen können. Auch sind sicherlich eine Menge unserer Produkte patentfähig. Mr. Jones erläuterte mir, dass, wegen des großen Potenzials unserer Produkte, die Investoren keinerlei Interesse hätten, irgendetwas zu publizieren oder zum Patent anzumelden. Als ich ihn darauf ansprach, wer denn die Investoren seien, teilte er mir mit, dass verschiedene Pharma-Unternehmen und auch staatliche Einrichtungen unsere Forschung finanzieren. Das klingt für mich zunächst einleuchtend; ich frage mich allerdings, ob die Investoren nicht allmählich unruhig werden, weil wir nicht ein einziges Patent angemeldet haben. Damit würden sie mit Sicherheit ihre Rechte an den Produkten und deren Herstellung sichern können. Warum sollte es also geheim sein?"

„19. August 2032

Im Rahmen unserer heutigen Konferenz haben die Kollegen der biologischen Abteilung über ihre Schwierigkeiten bei der Kopplung unserer Produkte an Antikörper berichtet. Es ist offenbar nicht so einfach, unsere Käfigmoleküle dauerhaft an Antikörper zu binden. In der anschließenden Diskussion wurde der Vorschlag unterbreitet, weitere Fremdatome in unsere Käfigmoleküle einzubauen. Das könnte natürlich zur Destabilisierung der Käfigmoleküle beitragen. Unseren Kollegen aus der biologischen Abteilung haben wir selbstverständlich unsere Hilfe angeboten. Damit war auch Mr. Jones vorbehaltlos einverstanden."

Den ganzen August und September hatte sich Ralf mit dieser Problematik herumgeschlagen. Zu seinen Bemühungen gab er Mitte Oktober in einem Tagebucheintrag seinen Kommentar dazu ab:

„20. Oktober 2032

Alle unsere Bemühungen, weitere Fremdatome in unsere Käfigmoleküle einzubauen, führen zu einer zunehmenden Instabilität unserer Produkte. Weder der Einbau von Stickstoff- oder Phosphoratomen bzw. -verbindungen führt zu einem gewünschten Erfolg. Praktisch mit der Herstellung der Käfigmoleküle zerfallen diese auch wieder."

„22. Oktober 2032

In der wöchentlichen Konferenz haben wir über unsere negativen Ergebnisse berichtet. Die Kollegen aus unserer Abteilung sind sich darin einig, dass dies ein wenig aussichtsreicher Weg ist, um das Problem der Antikörperkopplung zu lösen. Nach einer etwas hitzigen Diskussion forderte uns Mr. Jones auf, noch ein paar Versuchsreihen zu fahren. Wenn diese auch negativ ausfallen, dann sollten wir damit beginnen, verschiedene Moleküle in unsere Käfigmoleküle einzuschleusen.

Damit gäben wir der biologischen Abteilung die Möglichkeit, die medizinische Wirksamkeit unserer Produkte ausgiebig zu testen."

Es folgte nun die Aufzählung der eingesetzten Moleküle, der Analytik und der für die biologische Abteilung bereitgestellten Mengen. Außerdem erläuterte Ralf die Statistiken zu den bisher durchgeführten Versuchen.

„26. November 2032

So langsam neigt sich ein weiteres Jahr dem Ende zu. Nach endlos langen Versuchsreihen hat die Computerabteilung ihre Ergebnisse zur Wirkung von Nanopartikeln mit verschiedenen Oberflächenstrukturen auf Proteine, Enzyme und Stoffwechselprozesse von Zellen vorgestellt. Sie hat unsere Ergebnisse bestätigt, dass Käfigmoleküle aus mittelgroßen Fragmenten die Aktivität von Proteinen oder Enzymen empfindlich stören. Teilweise werden diese irreversibel blockiert. Das erklärt uns natürlich, warum die

Versuchstiere bei unserem Produkt C-211 so schnell verendeten. Größere und kleinere Käfigmoleküle haben nur einen geringen oder keinen Einfluss. Eine Reihe von praktischen Versuchen der biologischen Abteilung hat nun gezeigt, dass sich unsere Käfigmoleküle (sofern diese mit einer 'Polymer-Klammer' versehen sind) tatsächlich über Funkwellen zerlegen lassen. Das ist eine wirklich gute Nachricht. Einzig und allein die Kopplung unserer Produkte an Antikörper macht keinerlei Fortschritte. Das scheint Mr. Jones aber nicht weiter zu stören. Er ist der festen Überzeugung, dass dieses Problem spätestens im nächsten Jahr gelöst werden kann. Ich bin zwar anderer Meinung, habe mich aber dazu nicht geäußert."

„29. November 2032

So kurz vor Weihnachten gehen wir in unserer Abteilung die Forschungen etwas gemächlicher an, zumal wir denken, dass der Hauptteil unserer Aufgaben zu aller Zufriedenheit bewältigt wurde. In nächster Zeit werden wir uns verschiedenen Details von Problemen bei der Herstellung einheitlicher Fragmente widmen. Auch ist es uns noch ein Dorn im Auge, dass beim Einschluss von Molekülen in unsere Käfigmoleküle ein größerer Teil der 'Käfige' leer bleibt. Es ist sicher eine Illusion, zu glauben, dass wir alle Käfigmoleküle bestücken können. Jedoch können wir den Prozentsatz eingeschlossener Moleküle noch erhöhen. Das wird uns garantiert noch einige Monate beschäftigen."

„30. November 2032

Es sind nur noch zwei Wochen bis zu meinem Weihnachtsurlaub. Obwohl die Arbeit in den Schutzanzügen sehr anstrengend ist, vergeht die Zeit wie im Flug. Die Untersuchungen kommen gut voran, und wir werden im nächsten Jahr die wichtigsten Vorgaben erfüllt haben. Dann können wir uns voll auf die Arbeit bezüglich der Antikörperkopplung konzentrieren."

Zwei Drittel des Tagebuchs hatte Thomas nun schon gelesen. Nichts deutete darauf hin, dass Ralf in dieser Zeit irgendwelche Schwierigkeiten gehabt hätte. Er überlegte, ob er das Tagebuch vielleicht einem Fachmann übergeben sollte, der mit dem wissenschaftlichen Inhalt etwas mehr anfangen könnte. Aber er kannte ja niemanden. Wem sollte er es also geben? Während er darüber sinnierte, wie er vorgehen sollte, blätterte er im Tagebuch weiter.

„10. Januar 2033

Nach meinem verlängerten Weihnachtsurlaub beginnt nun mein letztes Jahr bei Nanosearch. Ich hoffe inständig, dass ich dieses Jahr von Mr. Jones die Freigabe für die Veröffentlichung meiner Forschungsergebnisse erhalte. So langsam geht mir seine Geheimniskrämerei gegen den Strich. Meine Kollegen sehen das übrigens ähnlich. Auch sie haben immer weniger Verständnis, warum sie ihre ausgezeichneten Forschungsergebnisse nicht publizieren dürfen. Sicher hat das alles eine Menge Geld gekostet, aber mit Veröffentlichungen der Ergebnisse zu dem Thema Nanopartikel könnte sich die Firma Nanosearch als führend auf diesem Gebiet etablieren. Die bisherigen Ergebnisse würden sicher zu einem ausgezeichneten Renommee in wissenschaftlichen Kreisen führen."

„11. Januar 2033

Heute habe ich Mr. Jones um eine kurze Unterredung gebeten. Als ich auf das Thema Veröffentlichungen kam, blockte er jedoch sofort ab und meinte, dass meine Zeit noch kommen würde und er nicht voreilig unsere gesamte Forschung aufs Spiel setzen wolle. Außerdem gab er mir zu verstehen, dass für ihn das Thema abgeschlossen ist. Da dies mein letztes Jahr in diesem Unternehmen ist, werde ich wohl in den sauren Apfel beißen müssen, nichts zu publizieren."

Ralf wurde offenbar immer unzufriedener, was sich auch in den folgenden Tagebucheinträgen niederschlug. Auf den nächsten Seiten waren immer weniger wissenschaftliche Inhalte zu finden. Offenbar kam es auch unter den Kollegen von Ralf zu Diskussionen über die Firmenpolitik, was ihre Arbeit betraf.

„14. März 2033

So langsam macht die Arbeit keinen Spaß mehr. Weder erfahren wir, was außerhalb, in den Laboren der Kooperationspartner, mit unseren Produkten angestellt wird, noch welche Ergebnisse diese erzielt haben. Wir haben gemeinsam Mr. Jones aufgesucht und ihn darauf angesprochen. In einem barschen Ton wies er uns zurecht. Er mache seine Arbeit und wir sollten unsere machen; letztendlich haben die Investoren zu entscheiden, wann, wo und in welchem Umfang Ergebnisse publiziert werden. Das Potenzial, das in diesen Forschungsergebnissen steckt, könnte aus seiner Sicht nicht einfach so offenbart werden. Das würde den Vorsprung zu anderen Unternehmen, die auf demselben Gebiet forschen, erheblich verringern. Und das könne sich Nanosearch nicht leisten. Es ist offenbar sinnlos, weiter mit dem Forschungsdirektor zu diskutieren. Ich hatte gehofft, dass er uns wenigstens etwas entgegenkommt. Die Unzufriedenheit unter den Kollegen wächst..."

„15. März 2033

Ich habe für mich beschlossen, bis zu meinem Ausscheiden aus der Firma kürzer zu treten. Da wir keine Unterlagen oder Speichermedien mit nach Hause nehmen dürfen und ein Internetzugang nur im Büro des Forschungsdirektors vorhanden ist, wird es nicht einfach sein, die Ergebnisse meiner Arbeit nach draußen zu schmuggeln. Hinsichtlich meiner Idee, Dokumente meiner Arbeit mitzunehmen, habe ich mit keinem meiner Kollegen gesprochen. Ich vermute aber, dass der eine oder andere ähnlich Gedanken hegt."

Thomas fand, dass sich das Tagebuch nun etwas spannender las, und er vermutete, dass die wirklich interessanten Informationen erst noch kommen würden.

„16. März 2033

Heute trat mein Kollege Ted an mich heran und bat mich um ein Gespräch unter vier Augen. Ich habe ihm zugesagt, mit ihm in der Mittagspause einen kleinen Rundgang vor dem Forschungsgebäude zu machen. Was kann er von mir wollen? Nach dem Mittagessen sind wir beide auf den Hof gegangen und Ted, mit dem ich locker befreundet bin, druckste ein wenig herum, bevor er mit der Wahrheit herausrückte. Er fragte mich, ob es mir nicht auch seltsam vorkomme, dass die Firma uns völlig von der Außenwelt abschottet und uns auch nicht über Arbeiten der Kooperationspartner informiert. Dass wir gutes Geld verdienen, müsse ihm doch klar sein, habe ich ihm geantwortet. Und was die Firma mit den Ergebnissen mache, ist schließlich ihre Sache. Ted hat wohl eine andere Antwort von mir erwartet. Anschließend lenkte er von dem Thema ab, und wir unterhielten uns über unsere Zukunftspläne nach unserer Zeit bei Nanosearch. Mit den Referenzen, die wir dann hoffentlich vorweisen können, kommen wir sicher an jeder renommierten Universität unter."

Na ja, wo er recht hat, hatte er recht, dachte Thomas. Aber wie wollte Ralf an Referenzen kommen?

„17. März 2033

Ich bin jetzt 32 Jahre alt und habe nicht ein Schriftstück in der Hand, was meine Fähigkeiten und Arbeiten in diesem Unternehmen nachweist. Wie soll ich später an einer Universität oder in

anderen Unternehmen eine Anstellung finden? Da wir nichts veröffentlicht haben und auch sonst in der wissenschaftlichen Welt
von uns keinerlei Nachweise unserer Arbeiten zu finden sind,
würde ich überall wieder bei null anfangen."

„18. März 2033

Heute haben wir in der Konferenz Mr. Jones zu unseren zukünftigen Aussichten befragt. Da bis auf wenige Ausnahmen alle Kollegen nur befristete Arbeitsverträge haben, ist diese Frage sicherlich durchaus berechtigt. Mr. Jones versuchte uns damit zu beru-
higen, dass er für die meisten unserer Kollegen eine Anstellung
bei den Kooperationspartnern, speziell der Pharma-Unternehmen, in Aussicht stelle. Er forderte uns auf, ihm bis Ende August
Bewerbungsunterlagen zusammenzustellen und vorzulegen. Es
sei ihm durchaus bewusst, dass die Wissenschaftler bei Nanosearch bei ihren Bewerbungen an Universitäten auf Publikations-
nachweise angewiesen sind. Es gäbe auch andere 'Möglichkeiten'
junge Wissenschaftler an lukrative Stellen zu vermitteln. Die Flos-
kel 'Vitamin B' hatte er in diesem Zusammenhang nicht ge-
braucht, aber jeder weiß, was damit gemeint ist. Die meisten unserer Kollegen glauben ihm und werden sich nun wahrscheinlich
keine weiteren Gedanken über Ziel und Zweck unserer Forschungen machen."

Wochenlang waren keine weiteren Einträge im Tagebuch vorhanden, wahrscheinlich war Ralf die Lust vergangen, über seine Arbeit zu berichten. Der nächste Eintrag von Mitte Juni war allerdings interessant und erschreckend zugleich.

„18. Juni 3033

Heute ist zwar Samstag, aber ich habe keine Lust, in irgendwelche Kneipen oder Shows zu gehen. Stattdessen kümmere ich mich noch um ein paar Statistiken, zu deren Bearbeitung ich in den letzten Wochen keine Lust hatte. Außerdem wollte ich ein paar Bewerbungsunterlagen fertigstellen, da der hier vorhandene Laserdrucker exzellente Ausdrucke macht. Als ich mit der Zusammenstellung der Unterlagen fertig war, wurde es draußen bereits dunkel. Es war also schon nach 20:00 Uhr, als ich mich auf den Nachhauseweg machte. Auf dem Gelände standen immer noch Fahrzeuge, so dass ich annahm, dass ich nicht der einzige war, der samstags noch in der Firma zu tun hatte. Kurz vor Verlassen des Geländes fiel mir ein, dass ich ja meine Brieftasche mitsamt der Jacke im Labor hatte hängen lassen. Ich lief zurück, um meine Jacke zu holen. Auf dem Rückweg fiel mir ein, dass ich nichts eingekauft hatte und demzufolge mein Kühlschrank leer war. Im Verwaltungsbereich stand aber ein Automat mit Snacks. Ich beschloss, mir zwei Sandwiches zu holen. Auf dem Weg dorthin kam ich am Büro von Mr. Jones vorbei. Ich blieb stehen, denn ich hörte Stimmen aus dem Büro. Mr. Jones hatte also noch Besuch und das zu einer recht ungewöhnlichen Uhrzeit. Die Tür war nur angelehnt, so dass ich einigermaßen verstehen konnte, worüber sich Mr. Jones mit seinen Besuchern unterhielt. Man war sich offenbar sicher, allein im Gebäude zu sein. Das Gespräch drehte sich um die Ergebnisse unserer Forschungen und hatte etwa folgenden Wortlaut:

'Mr. Jones, wir sind wirklich sehr angetan von den Ergebnissen ihrer Arbeit. Die Kooperationspartner konnten sämtliche Herstellungsanleitungen und Analyseergebnisse nachvollziehen. Wie Sie wissen, ist ja unser offizielles Ziel die Herstellung von Nanopartikeln als Transportvehikel für therapeutische Wirkstoffe. Ihnen ist aber auch klar, dass die Unsummen, die wir in Ihre Forschung gesteckt haben, nur dadurch bereitgestellt werden konnten, dass wir das Militär davon überzeugen konnten, mit ihren Forschungsergebnissen einen waffentechnischen Vorteil gegenüber unseren Feinden zu erlangen. Das erklärt auch das übergroße Interesse des Militärs am Produkt C-211. Sie haben uns glücklicherweise für erste Versuche im Rahmen unserer Operation 'Nemesis' genug Material zur Verfügung gestellt. Ich kann Ihnen versichern, dass das Produkt unsere Erwartungen übertroffen hat. Nach ersten Tests können wir weitere potentielle Feinde unseres Landes gezielt ausschalten, ohne dass der Verdacht einer Straftat aufkommt. Der Nachweis der Produktrückstände ist übrigens sehr schwierig, sofern man überhaupt auf die Idee kommt, danach zu suchen. Bei den Personen, die wir bereits ausgeschaltet haben, sind die Ermittlungen der Polizei und anderer Behörden bisher stets im Sande verlaufen.' Mit heiterem Tonfall erklärte der Mann: 'Wir haben andere Produkte Ihrer fleißigen Wissenschaftler weiterentwickelt. Praktisch jedes kleine Molekül kann mithilfe ihrer Nanopartikel in eine Zielperson geschleust und zu jedem beliebigen Zeitpunkt freigesetzt werden. Wir haben das zum Beispiel mit Acetylcholin[3] probiert, und selbst wir waren von der Wirkung überrascht.' Es war ein kurzes, selbstgefälliges Lachen der Anwesenden zu hören. 'Damit Sie sich selbst ein Bild vom Fortschritt unserer Operation 'Nemesis' machen können, bekommen Sie von uns einen Stick mit ausgewählten Informationen. Diese unterliegen natürlich der strengsten Geheimhaltung. Wir empfehlen Ihnen dringend, nach Sichtung der Daten, diese zu vernichten. Damit bringen wir Ihnen großes Vertrauen entgegen. Das sollten Sie auch nicht enttäuschen. Sorgen Sie auch dafür, dass Ihre Angestellten keine weiteren Fragen stellen.'

---

3   Neurotransmitter u.a. für die Übertragung von Erregungszuständen zwischen Nerven und Muskeln

'Ich habe mich darum gekümmert, dass alle Wissenschaftler im Anschluss an ihre Tätigkeit bei Nanosearch lukrative Anstellungen bei unseren Kooperationspartnern finden werden. Selbst vom Verteidigungsministerium habe ich Anfragen bekommen. Sie wissen ja selbst, dass für die militärische Forschung zur Verteidigung unseres Landes praktisch unbegrenzte Mittel zur Verfügung stehen. Einige unserer Wissenschaftler haben diesbezüglich wirklich brillante Ideen.'

'Ausgezeichnet. Dann sind wir uns ja einig! Wir können uns nun weiter um die Angelegenheiten des Verteidigungsministeriums und unserer Freunde kümmern. Jetzt müssen wir aber zurück nach Washington; wir bleiben aber in Kontakt.'

'Dann werde ich sie noch zu ihren Fahrzeugen begleiten, wenn sie nichts dagegen haben.'

Ich rannte, so schnell ich konnte, um die Ecke. Schon ging die Tür auf und Mr. Jones, begleitet von zwei Männern, ging in Richtung Fahrstuhl. Als die drei außer Sichtweite waren, ging ich rasch zurück in das Büro von Mr. Jones. Obwohl ich noch immer entsetzt über das gerade Gehörte war, konzentrierte ich mich darauf, nach Beweisen zu den Informationen auf dem Schreibtisch von Mr. Jones zu suchen. Es war ein großer Glücksfall für mich, denn auf dem Papierstapel lag obenauf offenbar der Stick, von dem die beiden Männer gesprochen hatten. Gott sei Dank war der Laptop von Mr. Jones noch in Betrieb. Ich steckte den Stick in den Laptop und überspielte die Datei über das interne Netzwerk auf meinen Labor-Laptop. Dann hastete ich zurück ins Labor. Voller Abscheu dachte ich, dass unsere Forschungsergebnisse und somit auch wir zur Herstellung einer Waffe missbraucht worden waren. Dennoch versuchte ich, ganz ruhig zu bleiben. Mir wurde das Problem bewusst, dass ich den Stick nicht einfach mit nach Hause nehmen konnte, denn spätestens am Eingangstor würde man bemerken, dass ich ein Speichermedium bei mir trage. Durch einen Spalt am Fenster sah ich, wie die beiden Männer in ihr Auto stiegen und das Gelände verließen. Um sicher zu gehen, beschloss ich, zu warten, bis Mr. Jones wieder im Gebäude war. Mir war klar, dass ich mit diesen brisanten Informationen sehr vorsichtig umgehen musste. Nachdem ich die überspielten Daten auf meinen Laptop öffnete, erschienen nach kurzer Zeit auf dem Display eine Reihe von Dateiordnern, die wohl die besagten Informationen zur Operation 'Nemesis' enthielten. Im ersten Ordner befand sich nur eine reine Textdatei, die eine Auflistung der Namen von 'Zielpersonen' enthielt. Die beiden anderen Ordner enthielten Karten mit eingezeichneten Operationsgebieten und ein Strategiepapier. In diesem waren die Ziele zur Erhaltung der Vormachtstellung der USA mittels Einsatzes von 'alternativen' Mitteln definiert. Was das für 'alternative' Mittel waren, wurde nicht näher erläutert. Die Ziele allerdings schon. Sie umfassten ganz konkret die Durchführung von Stellvertreterkriegen in Ländern mit dringend benötigten Rohstoffen, die Unterstützung von Despoten und Diktatoren auf allen Kontinenten, die mit den USA kooperierten sowie das Ausschalten von oppositionellen Gruppen oder Organisationen, die den panamerikanischen Bestrebungen im Weg standen. Mir wurde schlagartig klar, was mit den 'alternativen' Mitteln gemeint war. Aus dem Gehörten und dem, was ich gerade gelesen hatte, ging ich davon aus, dass bereits einige der 'Zielpersonen' getötet worden waren. Mit unserer Forschung haben wir wohl im guten Glauben, den medizinischen Fortschritt voranzutreiben, eine Waffe geschaffen, die noch vielen Menschen das Leben kosten wird. Wenigstens muss ich versuchen, zu verhindern, dass noch mehr Menschen getötet werden. Ich habe je eine Kopie der Ordner auf zwei Sticks überspielt. Leider ist mir keine vertrauenswürdige Person eingefallen, der ich die Daten schicken könnte. Ich habe sie vorerst in meine Schublade gelegt. Die Dateien auf meinem Labor-Laptop habe ich anschließend von der Festplatte gelöscht.

Nach etwa 10 Minuten schlenderte ich in aller Ruhe zum Eingangstor, begrüßte noch freundlich den Wachdienst und wünschte den beiden Männern noch ein schönes Wochenende. Zuhause angekommen, überlegte ich fieberhaft, was ich jetzt machen sollte."

„20. Juni 2033

Ohne mir etwas anmerken zu lassen, bin ich heute ganz normal zur Arbeit gegangen. Am Vormittag ist mir endlich eine Idee gekommen, wie ich den Stick aus dem Firmengelände schmuggeln kann. Ich ging in die Technikabteilung und habe mir dort gepolsterte Versandtaschen geholt. Anschließend habe ich die Mittagspause abgewartet und meinen Kollegen gesagt, dass ich wegen Kopfschmerzen einen kleinen Spaziergang auf dem Hof machen wolle. Ich nahm die beiden Sticks aus der Schublade und steckte sie in die gepolsterte Versandtasche. Damit das Päckchen etwas mehr Gewicht erhielt, band ich noch ein Ersatzventil für die Sauerstoffversorgung unserer Schutzanzüge daran. Das Ganze steckte ich mir ins Hemd und schlenderte damit auf den Hof. Hinter dem Firmengelände befinden sich ein kleiner Park und direkt am 3 m hohen Sicherheitszaun eine Anzahl von Sträuchern und Büschen. Das Päckchen warf ich mit Schwung über den Zaun und stellte zufrieden fest, dass es direkt zwischen die Büsche fiel. Ich war ziemlich sicher, dass niemand mich beobachtet hatte und man von der anderen Seite des Zaunes das Päckchen auch nicht sehen konnte.

Es ist höchste Zeit, von hier zu verschwinden. Ich bin zu Mr. Jones gegangen, und habe ihm mitgeteilt, dass ich einen Trauerfall in der Familie habe, und ihn um einen kurzfristigen Urlaub gebeten. Mr. Jones machte einen bestürzten Eindruck und hat mir selbstverständlich den Urlaub gewährt. Er wird aber sicher bald merken, dass ich Informationen über die Operation Nemesis besitze.

Am späten Nachmittag, nachdem ich mich von meinen Kollegen verabschiedet hatte, bin ich zu der Stelle hinter dem Zaun gegangen, wo das Päckchen lag. Es war keine große Mühe, es in dem dichten Buschwerk zu finden. Ich versteckte das Päckchen wieder unter meinem Hemd und beeilte mich, meine Wohnung zu erreichen.

Ich werde einen Stick und einen Scan des Tagebuches wohl an meinen ehemaligen Jugendfreund Thomas in Deutschland schicken. Ich habe gestern seinen Namen gegoogelt. Er arbeitet jetzt wohl bei einer Zeitung und wohnt immer noch bei seinen Eltern. Vielleicht sollte ich auch selbst zurück nach Deutschland reisen. Ich bin hier wahrscheinlich nicht mehr sicher. Falls das Päckchen abgefangen werden sollte, kann ich selbst die Informationen Thomas geben.

In das Päckchen lege ich neben den Scan des Tagebuches und einer Nachricht an Thomas noch eine Kopie des Sticks. Den Original- Stick klebe ich hinten in meine ausgedruckten Sprachaufzeichnungen, die ich in die Reisetasche packe. Anschließend fahre ich zur Post und danach sofort zum Flughafen. Falls ich sofort ein Flugzeug nach Deutschland erreiche, werde ich sehr früh in Frankfurt am Main ankommen. Hoffentlich gibt es auch gleich einen Anschlusszug nach Leipzig..."

Als Thomas mit dem Lesen des Tagebuchs fertig war, tastete er die Kladde ab. Tatsächlich fand er einen eingeklebten Stick. Er löste ihn vorsichtig heraus und legte ihn auf den neben ihm stehenden Tisch. Nun wartete er auf die Rückkehr von Mark. Ohne es zu merken, schlief er ein und erwachte erst, als sich die Wohnungstür öffnete und Mark hereinkam. „Alles in Ordnung?" fragte Mark. „Du siehst ein bisschen blass aus!"

Wahrheitsgemäß antwortete Thomas: „Nicht ganz."

„Was denn, so schlimm?"

„Schlimmer!" Thomas erzählte Mark alles, was er im Tagebuch gelesen hatte. Mark wurde ebenfalls blass im Gesicht und sagte: „Das muss die Öffentlichkeit erfahren! Doch zuerst müssen wir die „Zielpersonen" auf der Liste warnen, damit sie sich schützen können. Ich habe ein paar Freunde, die sich mit Computern ganz gut auskennen. Vielleicht können die mehr über die Operation "Nemesis" in Erfahrung bringen."

„Und ich werde versuchen, mit meinem Redakteur bei den 'Leipzig News' in Verbindung zu treten. Er hält mich zwar für ein Arschloch, aber er ist kein Mitläufer oder Schleimer und hat immer die Fahne für einen objektiven Journalismus hochgehalten. Das hat ihn zwar am Ende die Karriere gekostet, aber er ist trotzdem ein Mann mit Prinzipien."

Mark meinte: „Du solltest da lieber nicht selber hingehen, sondern jemanden anderen schicken, den er nicht kennt, denn ich bin mir sicher, dass auch er überwacht wird. Am besten du schreibst ihm eine kurze Nachricht, und ich gebe die zusammen mit einer Kopie der Daten sowie dem Tagebuch an einen zuverlässigen Freund, der mit deinem Chef in Kontakt treten kann. Du bleibst bei mir, da dich hier niemand suchen wird. Jetzt mache ich uns erst mal ein Kaffee, denn vermutlich liegt ein sehr langer Tag vor uns."

Mark bereitete Kaffee (er nannte es jedenfalls so; aber es war eher ein doppelt starker Espresso) und sie setzten sich beide an den Küchentisch und unterhielten sich noch eine Weile darüber, wie unglaublich schlecht doch die Welt war und wie skrupellos Menschen zu ihrem eigenen Vorteil handelten. Es war inzwischen 8:00 Uhr und Mark schaltete das Radio ein, damit sie sich ein wenig ablenken konnten. Doch plötzlich horchte er auf, als folgende Meldung kam:

„Im Zusammenhang mit einem Tötungsverbrechen an dem jungen Wissenschaftler Ralf Wiesner und Elisabeth Heiner wird der auf der Flucht befindliche Thomas Bauer polizeilich gesucht. Wir fordern alle eventuellen Zeugen auf, sich an die Polizei zu wenden. Der des Mordes verdächtigte Thomas Bauer gilt als äußerst gefährlich und ist zu allem fähig."

„Hast du das gehört, Thomas?", rief Mark.

„Um Gottes Willen, die haben Elisabeth getötet! Und die hat nun wirklich nichts gewusst!" Mark rief: „Diese Leute schrecken vor nichts zurück. Ehrlich gesagt, habe ich auch nichts anderes erwartet. Du kannst das Haus nicht verlassen, aber ich versichere dir, dass ich mich um alles kümmern werde. Elisabeth war eine sehr gute Freundin und schon deshalb müssen wir diese Verbrecher zur Strecke bringen. Ich mache mich lieber gleich auf den Weg." Schnell kopierte Thomas den Stick mit den Daten der Operation „Nemesis" auf zwei weitere Sticks und drückte Mark einen davon in die Hand: „Mark, wenn du nichts dagegen hast, werde ich versuchen, die Leute auf der Liste ausfindig zu machen; doch dazu müsste ich nochmal an deinen Laptop."

„Na klar!"

Mit zügigen Schritten ging Mark mit dem Stick in der Hand zur Wohnungstür und machte sich auf den Weg zu seinem Freund. Thomas schloss hinter ihm die Wohnungstür, steckte den zweiten

Stick in den Laptop und kopierte den Inhalt auf einen weiteren Stick. Diesen steckte er anschließend in die Hosentasche.

Thomas konnte es kaum fassen, dass Elisabeth tot war. Er setzte sich dennoch an den Laptop und rief die Datei mit der Namensliste auf. Es waren etwa 200 „Zielpersonen" auf Liste verzeichnet. Beim Überfliegen der Liste stutzte er. Auch Dr. Sigurdson stand darauf! Das war doch dieser norwegische Wissenschaftler, der kürzlich ums Leben gekommen war. Inständig hoffte er, dass nicht allzu viele Leute schon Opfer waren. Bei der Überprüfung der Namen im Internet stellte er fest, dass es sich bei den „Zielpersonen" vor allem um Politiker, hochrangige Wissenschaftler und Oppositionelle verschiedener Nationen handelte. Nach einer etwa dreistündigen Recherche musste Thomas zur Kenntnis nehmen, dass etwa ein Drittel der „Zielpersonen" bereits tot war. Er wartete wie auf Kohlen auf die Rückkehr von Mark. Der kam am frühen Nachmittag und informierte Thomas darüber, dass sein Freund bereits auf dem Weg zu den Redaktionsräumen der „Leipzig News" war.

„Deinen Chef wird er vor dem Verlagsgebäude abfangen, er weiß auch, wie er aussieht. Die Informationen zur Operation 'Nemesis' werden aber noch etwas Zeit in Anspruch nehmen, da unsere Hacker erst den Server ausfindig machen und dann verschiedene Sicherheitsschranken umgehen müssen. Sie haben bereits Hinweise darauf gefunden, dass die gesamten Daten auf einem Server der CIA liegen. Jetzt heißt es abwarten."

„Sollten wir die Daten nicht ins Netz stellen?", fragte Thomas.

„Das ist keine gute Idee. Wir haben noch nicht die Drahtzieher ermittelt. Wir würden die Verantwortlichen damit nur warnen. Und wenn wir von hier aus die Daten ins Netz stellen, dann haben die gleich unsere IP und wissen, wo wir sind."

Tags zuvor waren Mike und Gus auf dem Weg ins nordöstlich von Leipzig gelegene Torgau, in der Annahme, Thomas Bauer dort dingfest zu machen. Durch die Wanze in dessen Jacke war es kein Problem, ihn in einem nahegelegenen Park im Zentrum der Stadt auszumachen.

Gus befahl: „Mike, du gehst am besten ans Ende vom Park und näherst dich von der Rückseite. Ich komme von vorn. So nehmen wir ihn direkt in die Zange." Beide machten sich auf den Weg und kurze Zeit später konnte Gus auch eine Gruppe von vier Männern auf einer Parkbank ausmachen. Er wartete noch ein paar Minuten, bis er Mike in der Ferne sehen konnte und ging dann direkt auf die Gruppe zu und gab sich als Mitarbeiter des Staatsschutzes zu erkennen. Zu seiner großen Verwunderung war keiner der vier Männer der Gesuchte. Aber einer von denen hatte die Jacke von Thomas Bauer an. Gus trat vorsichtig an den Mann heran: „Woher haben Sie denn die Jacke?" Der Mann antwortete ihm: „Die hat mir so ein Typ geschenkt. Der hat mir sogar sein Auto gegeben. Hier sind die Fahrzeugpapiere." Mit den Autopapieren wedelte der Mann vor dem Gesicht von Gus herum. „Ist ja schon gut", knurrte Gus. „Können Sie mir wenigstens sagen, wo der Mann jetzt ist?"

„Keine Ahnung, er hat mir nur gesagt, ich soll mit dem Auto 50 km nach Nordosten fahren, dann kann ich es behalten. Das habe ich auch gemacht, denn einem geschenkten Gaul guckt man ja nicht ins Maul!" Der Mann grinste Gus an. Inzwischen war Mike eingetroffen und sah Gus einigermaßen verständnislos an. „Der Dreckskerl hat uns schon wieder reingelegt!" Laut fluchend griff Gus nach Mikes Jackenärmel und zerrte ihn aus der Hörweite der Männer.

„Was machen wir denn jetzt?" fragte Mike.

„Das weiß ich doch nicht! Wir sollten zurück nach Leipzig fahren und uns vielleicht vor dem Verlagshaus auf die Lauer legen. Bestimmt wird er versuchen, Kontakt mit seinem Chef aufzunehmen."

„Das heißt, dass wir den auch überwachen müssen. Sollten wir nicht Verstärkung anfordern?" „Aber sonst ist bei dir gesundheitlich alles in Ordnung?", fuhr Gus Mike an. „Wenn unsere Abteilung erfährt, wie der uns reingelegt hat, war's das mit unserer Karriere!"

„Dann müssen wir uns beeilen. Los jetzt, ich setze dich direkt vor dem Verlagsgebäude ab."

„Und was machst du?", fragte Gus.

„Ich werde noch mal zu dem Haus seiner Eltern fahren und mit ihnen sprechen. Vielleicht hat der sie angerufen oder hat ihnen eine Nachricht geschickt."

„Das liegt doch auf der Strecke zum Verlag."

„Ach ja, stimmt."

„Dann machen wir es gemeinsam."

Sie rannten zum Auto und fuhren mit überhöhter Geschwindigkeit zurück nach Leipzig. Innerlich fluchte Gus weiter vor sich hin. 'Das haben wir alles diesem Jones von Nanosearch zu verdanken' dachte er wütend. 'Wenn der seine Leute im Griff gehabt hätte, dann gäbe es auch kein Leck und wir müssten jetzt nicht den Dreck wegräumen. Wie kann man nur so blöd sein, geheimdienstliche Informationen einfach so auf seinem Schreibtisch liegen zu lassen? Wenigstens hat er gemerkt, dass dieser Wiesner an seinem Laptop war.'

Nach einer knappen Stunde Autofahrt erreichten sie Mölkau und fuhren direkt zu den Eltern von Thomas Bauer. Sie klingelten am

Gartentor. Nach kurzer Zeit kam der Vater an die Tür zum Grundstück. „Was kann ich für Sie tun meine Herren?"

„Wir sind vom Staatsschutz. Sie wissen sicher schon, dass ihr Sohn als mutmaßlicher Mörder von der Polizei gesucht wird!"

„Ich kann das doch gar nicht glauben. Es muss sich um einen Irrtum handeln. Thomas ist mit Sicherheit nicht zu einem Mord fähig! Ralf und er waren in ihrer Kindheit gute Freunde."

„Die Polizei ist anderer Auffassung. So wie es aussieht, hat er wohl versucht, illegal beschaffte Dokumente zu kaufen." Gus sah den Vater von Thomas mit eindringlichem Blick an. „Hat sich ihr Sohn nach seinem plötzlichen Verschwinden inzwischen bei Ihnen gemeldet? Hat er in den letzten Tagen vielleicht Post aus den USA erhalten?"

„Nein, das hat er nicht. Aber ich werde sofort die Polizei informieren, wenn er hier auftaucht. Das ist sicher ein großes Missverständnis. Und er ist bestimmt kein Dieb und schon gar nicht ein Mörder!", meinte der Vater von Thomas trotzig.

„Na schön, wenn es so ist, hat er ja nichts zu befürchten", meinte Gus.

Die beiden verabschiedeten sich kurz, stiegen wieder in ihr Auto und fuhren in Richtung Stadtzentrum zum Verlagsgebäude der „Leipzig News". Thomas' Vater ging zurück ins Haus und erzählte in kurzen Worten seiner Frau vom Anliegen der beiden Männer. Sie sagte: „Du hättest ihnen doch das Päckchen von diesem Ralf geben können, was gestern mit der Post kam."

„Das geben wir lieber bei der Polizei ab, die werden das sicher für ihre Ermittlungen brauchen." Nach kurzem Überlegen sagte Thomas' Vater: „Ich wollte ja sowieso einkaufen gehen. Da fahr ich gleich beim Polizeirevier vorbei."

„So richtiges Vertrauen zur Polizei habe ich aber auch nicht", sagte seine Frau. „Wir sollten es vielleicht besser behalten und verstecken."

„Gut, dann lege ich das Päckchen in den Küchenschrank." Er ging in die Küche, öffnete den oberen Wandschrank und stopfte das Päckchen in die hinterste Ecke.

Als Gus und Mike am Verlagshaus ankamen, beschlossen sie, sich aufzuteilen. Gus versteckte sich in der Nähe des Eingangs zum Verlag und Mike setzte sich auf eine Bank an einer Straßenbahnhaltestelle, wo er einen guten Überblick über die am Verlagshaus ankommenden Personen hatte.

Während die beiden auf der Lauer lagen, unterhielten sich Thomas und Mark über die Operation" Nemesis" und kamen zu dem Schluss, dass sie dringend die Namen der Hintermänner herausfinden mussten. Mark lächelte kurz: „Unsere Hacker werden bestimmt an die Daten kommen, die sind mit der Materie bestens vertraut, und es ist nicht der erste 'Besuch' auf einem Server von Geheimdiensten."

Nachmittags tranken die beiden gemeinsam eine Tasse Kaffee. Mark meinte: „Mein Freund wird sich sicherlich schon auf den Weg gemacht haben."

„Dann wollen wir hoffen, dass alles klappt", seufzte Thomas. Plötzlich schrak er zusammen: „Was ist, wenn jemand versucht, deinen Freund abzufangen?"

Mark fluchte: „Wieso habe ich daran nicht gedacht? Wir sollten ihn sofort warnen! Thomas, du bleibst hier und ich fahre zum Verlagshaus und werde ihn hoffentlich rechtzeitig erwischen." Mark rannte förmlich zur Wohnungstür hinaus. Zum Glück kam auf der Straße auch gerade ein E-Car vorbei, in das er einsteigen konnte.

Bernd Reinelt hatte heute keine rechte Lust, länger zu arbeiten. Er dachte an Thomas und über den Tod dessen Freundes Ralf nach. Sicher war Thomas ein Faulpelz und auch sehr oberflächlich. Aber ein Mörder? Das glaubte Bernd nicht. Er fragte sich andererseits aber auch, warum Thomas nicht längst zur Polizei gegangen war oder ihm eine Nachricht hinterlassen hatte.

Es war später Nachmittag, als Bernd Reinelt das Verlagsgebäude verließ. Er wollte noch einen kleinen Imbiss in der Innenstadt zu sich nehmen und dann nach Hause fahren.

Plötzlich trat ihm ein junger Mann in den Weg und fragte: „Sind Sie Bernd Reinelt, der Chef von Thomas Bauer?" Völlig überrumpelt bestätigte Bernd die Frage.

„Wie Sie bestimmt wissen, ist er in großen Schwierigkeiten. Er hat mich über einen Freund gebeten, Ihnen dieses Päckchen zu geben. Es sind wohl sehr wichtige Informationen, die er ihnen aber leider nicht persönlich geben kann." Bernd nahm das Päckchen entgegen und wollte sich noch bedanken, als der junge Mann sich auch schon herumdrehte und Richtung Innenstadt gehen wollte. Aus dem Augenwinkeln nahm Bernd wahr, dass sich zwei Männer rasch näherten. Einer von den beiden griff sich den jungen Mann und zog ihn zurück zum Standort von Bernd. 'Das waren doch die beiden vom Staatsschutz!', dachte Bernd. Mike sprach Bernd mit einem drohenden Unterton an: „Ich habe gesehen, dass Ihnen der junge Mann ein Päckchen gegeben hat. Das sind gestohlene Unterlagen aus unserer Dienststelle, die Sie mir jetzt bitte übergeben werden."

„Die sollte ich vielleicht der Polizei übergeben!" Bernd war misstrauisch geworden.

„Das können Sie selbstverständlich, aber so sparen Sie sich einen Haufen Ärger."

„Das ist mir egal, ich bringe jetzt alles zur Polizei."

„Von mir aus", grummelte Mike. „Aber sagen Sie mir wenigstens, zu welchem Polizeirevier sie damit gehen."

Bernd kannte glücklicherweise die Adressen der Polizeireviere und fragte zurück: „Soll ich zu einem bestimmten gehen?"

Daraufhin nahm Mike sein Handy, wählte eine Nummer und sprach kurz mit einem Mann am anderen Ende. Nachdem er das Telefonat beendet hatte, wandte er sich an Bernd: „So Herr Reinelt. Die Herren von der Polizei erwarten Sie bereits. Begeben Sie sich sofort zum Revier Ritterstrasse und melden sich bei Hauptkommissar Schwedt. Er ist der Leiter der Mordkommission und ermittelt im Fall Thomas Bauer. Falls Sie nicht binnen einer halben Stunde das Päckchen bei ihm abgegeben haben, werden Sie zur Fahndung ausgeschrieben. Habe ich mich klar ausgedrückt?"

„Das haben Sie. Ich mache mich sofort auf den Weg." Mike hatte wohl darauf gehofft, dass Bernd einknicken und ihm das Päckchen geben würde. Er rief Bernd noch hinterher: „Sie sollten sich lieber beeilen!" Als Bernd außer Hörweite war, drehte sich Mike zu dem jungen Mann um: „Wir werden jetzt mit Ihnen zu unserer Dienststelle fahren. Dort werden wir Ihre Aussage aufnehmen. Sollten Sie nicht kooperieren oder uns falsche Angaben machen, werden Sie das mit Sicherheit bereuen." Der junge Mann war völlig eingeschüchtert und ließ sich ohne Widerstand zum Auto bringen. Mike nahm neben dem jungen Mann auf der Rückbank Platz. Ohne zu zögern, zog Mike eine Pistole aus der Tasche und hielt sie dem jungen Mann an die Schläfe: „So, du kleine Ratte, du sagst mir sofort, wer dir das Päckchen gegeben hat und wo sich dieser Thomas Bauer aufhält!" Der junge Mann winselte: „Das Päckchen habe ich von meinem Freund Mark. Thomas Bauer habe ich nicht gesehen und kenne ihn auch nicht!"

„Dann wirst du uns jetzt zur Wohnung von diesem Mark bringen. Wenn alles stimmt, was du uns sagst, dann lassen wir dich wieder laufen!"

„Schon gut, schon gut." Der junge Mann nannte die Adresse der Wohnung von Mark und zu dritt fuhren sie mit Vollgas los.

Aus der Ferne hatte Mark das ganze Geschehen beobachtet und sich innerlich verflucht, dass er zu spät gekommen war. Er zog sein Handy und schickte eine kurze Sprachnachricht an seinen Laptop zu Hause. Gerade kam ein leeres E-Car vorbei, in das er einstieg und sich damit zurück zu seiner Wohnung bringen ließ.

Unterdessen war Thomas damit beschäftigt, Adressen der „Zielpersonen" ausdrucken zu lassen. Plötzlich bemerkte er, dass der Laptop eine Sprachnachricht anzeigte. Sie bestand aus zwei Wörtern: „Weg da!" Daraufhin ließ Thomas alles stehen und liegen und rannte zur Wohnungstür. Gerade als er die Treppe hinunterlaufen wollte, hörte er, wie sich die Eingangstür zum Haus öffnete. Er lief zwei Treppen nach oben zurück und versuchte herauszubekommen, wer da die Treppe heraufkam. Er musste nicht lange raten, denn zwei ihm wohlbekannte Männer und ein junger Mann hielten an der Wohnungstür von Mark. Da die Tür nicht verschlossen war, traten die beiden Männer ohne Umschweife in die Wohnung ein und schlossen die Tür hinter sich. 'Jetzt haben die wohl den Freund von Mark erwischt.' Er hastete die Treppe hinab und lief, als er auf der Straße ankam, so schnell er konnte, stadtauswärts.

In der Wohnung von Mark hatte Mike den jungen Mann auf einen Stuhl gesetzt. „Was passiert denn jetzt?", fragte der junge Mann. Mike klopft ihm auf die Schulter und sagte väterlich: „Wir warten auf deinen Freund Mark. Und wenn du auch nur einen Ton von dir gibst, bist du tot." Betont langsam zog Mike einen Schalldämpfer aus seiner Jackentasche und schraubte ihn auf die Pistole. Mit immer größer werdenden Augen sah ihn der junge Mann an: „Ich bin mucksmäuschenstill, aber stecken Sie das Ding weg."

„Das überlässt du schön mir und jetzt hältst du die Klappe!"

Sie mussten tatsächlich nicht lange warten, als die Wohnungstür aufging und Mark hereinkam. Nachdem er einen Schritt in Richtung Küche gemacht hatte, realisierte er, dass er nicht allein war. Er drehte sich auf dem Absatz um und versuchte, aus der Wohnung zu flüchten. Gus war schneller, stellte ihm ein Bein und riss ihn zu Boden. „Ist wohl nicht dein Glückstag heute." Er drehte ihm den Arm auf den Rücken, packte ihn an den Haaren und zog ihn nach oben, bis er wieder auf beiden Beinen stand. "Los, rein da!" Gus schubste ihn in die Küche, wo Mark mit Entsetzen sah, wie Mike mit der Pistole auf seinen Freund zielte. Mike grinste Mark an und sagte: „Ich freue mich jetzt schon auf die Geschichte, die du mir erzählen wirst. Wenn sie mir nicht gefällt, werde ich mit dir das hier machen." Er ging zu Gus, nahm dessen Waffe, richtete die Pistole auf den Oberkörper von Marks Freund und drückte zweimal kurz ab. Mark schrie: „Nein!!!" Er versuchte, zu seinem Freund zu gelangen. Gus hielt ihn aber mit eisernem Griff fest. „Also, ich höre."

„Warum habt ihr das gemacht?", schrie Mark.

„Er hatte keinen Nutzen mehr für uns. Wo ist Thomas Bauer? Was habt Ihr hier getrieben?"

„Ich weiß nicht, wo er ist! Er wollte hier nur übernachten. Erzählt hat er mir nichts."

„Natürlich nicht." Mike sah Mark mit einem kalten Blick an. „Wirklich schade, aber ich kann nun leider nichts mehr für dich tun." Mit langsamen Schritten ging Mike zu dem Toten, drehte sich zu Mark um und schoss ihn mit seiner Waffe ohne zu Zögern zwischen die Augen. Anschließend feuerte er noch auf den Tür-rahmen der Küchentür, so dass es aussah, als ob der Freund von Mark auf ihn geschossen hätte. Sie durchsuchten die Wohnung nach Unterlagen, nahmen die ausgedruckten Adressen sowie alle Speichermedien und stopften sie in eine große Plastiktüte. Mike untersuchte danach, ob sich auf der Festplatte des Laptops ir-gendwelche Dateien befanden, die Informationen über die Ope-ration "Nemesis" enthielten. Sicherheitshalber packten sie den Laptop ebenfalls in die Tüte. Sie drückten den beiden Toten je-weils eine ihrer Waffen in die Hand. Jeder würde glauben, dass die beiden sich im Streit erschossen hätten. Sie verließen die Woh-nung, gingen zu ihrem Auto und machten sich auf dem Weg zu dem Polizeirevier, in dem Bernd Reinelt das Päckchen abgeben sollte.

Kapitel 3

Der Stein kommt ins Rollen

Im Polizeirevier Ritterstrasse im Zentrum von Leipzig herrschte, wie jeden Tag, hektische Betriebsamkeit. Wie in vielen Polizeirevieren war es auch hier: Ein Haufen Arbeit und zu wenig Personal, von der Bürokratie ganz zu schweigen. Hier hatte auch die Mordkommission ihren Sitz, wo Hauptkommissar Schwedt als Leiter für die Untersuchung von Verbrechen mit Todesfolge zuständig war. Heute war es für ihn wieder besonders schlimm, da gleich mehrere dringliche Anliegen auf seinem Schreibtisch lagen. Zum einen war da die Sache mit diesem norwegischen Wissenschaftler, der aus irgendeinem Grund zu Tode gekommen war, zum anderen eine Messerattacke mit einem Toten in einer Kneipe. Schließlich war da auch noch der vermutliche Mord an einer Frau im Vorort Mölkau.

Hauptkommissar Schwedt befasste sich zunächst mit dem Tod des Wissenschaftlers. Die Universität Oslo hatte bereits angefragt, ob die Obduktion irgendwelche Hinweise auf den Tod von Dr. Sigurdson ergeben hatte. Es blieb ihm also nichts weiter übrig, als sich mit dem Obduktionsbericht eingehender zu befassen. Nachdem er ihn gelesen hatte, war er ehrlich gesagt, nicht schlauer als vorher. Nichts wies darauf hin, dass es sich nicht um eine natürliche Todesursache handelte. Alle Organe waren ohne Befund und auch der Gerichtsmediziner war einigermaßen ratlos; er tippte auf plötzlichen Herztod. Bekannte Gifte oder Medikamente waren nicht nachgewiesen worden. 'Woran ist er dann gestorben?', fragte sich Hauptkommissar Schwedt. Er holte sich den Beutel mit den bei Dr. Sigurdson gefundenen persönlichen Dingen, ging zurück in sein Büro und schüttete den Inhalt des Beutels auf seinen Schreibtisch. Neben einem Schlüsselbund, einem Handy und einem Päckchen Zellstofftaschentücher fielen auch der Reisepass und ein Portmonee auf den Schreibtisch. Zunächst nahm er sich das Portmonee vor, in dem er neben ein paar Kreditkarten nur einige Visitenkarten fand. Er nahm diese heraus und schaute sie sich genauer an. Es handelte sich dabei um Visitenkarten von anderen Wissenschaftlern, wohl aus den Orten, in denen

Dr. Sigurdson Vorträge gehalten hatte. Aus Sicht von Hauptkommissar Schwedt war nichts Verdächtiges dabei. Deshalb griff er sich als nächstes das Handy, schaltete es an und stellte befriedigt fest, dass es noch fast voll aufgeladen war und auch keinen Passwortschutz hatte. So konnte er direkt auf alle gesendeten oder empfangenen Nachrichten zugreifen. Während in dem Ordner „gesendete Nachrichten" nur zwei persönliche Einträge an die Familie enthalten waren, fand sich eine Menge an empfangenen E-Mails. Die interessanteste Information war wohl die zum ungefähren Todeszeitpunkt von Dr. Sigurdson. Spät am Abend hatte er eine Nachricht zu einer Bewilligung von Fördermitteln für eines seiner Projekte erhalten. Das hatte ihn anscheinend zu sehr aufgeregt. Für seinen abschließenden Bericht war es für Hauptkommissar Schwedt notwendig, zu recherchieren, um was für ein Projekt es sich handelte. Deshalb suchte er sich aus dem Netz die zentrale Rufnummer der Universität Oslo heraus und rief direkt dort an. Leider verstand niemand Deutsch, weshalb Hauptkommissar Schwedt einen Mitarbeiter aus der Dienststelle zu sich heranwinkte, von dem er wusste, dass dieser Englisch verstand: „Versuchen Sie, eine Verbindung mit dem Sekretariat von Dr. Sigurdson zu bekommen!", instruierte er seinen Mitarbeiter. „Wenn Sie eine Verbindung mit dem Sekretariat erhalten und sich vorgestellt haben, fragen Sie einfach nach Projekten von Dr. Sigurdson, für die Gelder bei der Stiftung für die Förderung innovativer Forschung und Entwicklung beantragt worden sind!" Der Mitarbeiter schaffte es tatsächlich, innerhalb von zwei Minuten das Sekretariat von Dr. Sigurdson zu erreichen. Nachdem er die Adresse der Dienststelle und seine Dienstnummer inklusive Vor- und Zunamen über seinen Mitarbeiter durchgegeben hatte, wurde er gebeten, einen Moment zu warten. Kurze Zeit später bestätigte die Dame im Sekretariat seine Angaben, und er konnte endlich sein Anliegen vorbringen.

Offenbar war sie eine Sekretärin, die über alles gut informiert war, denn sie konnte auf Anhieb sagen, dass in den letzten zwei Wochen von der Stiftung keine Briefe oder andere Nachrichten eingegangen waren. Der Mitarbeiter bedankte sich höflich für die Auskunft und legte auf. „Da wollte ihn wohl jemand auf den Arm nehmen", sinnierte der Hauptkommissar, „aber warum sollte ihm jemand so eine Nachricht schicken?" Er beschloss, den Absender dieser Nachricht direkt zu kontaktieren. Nachdem er die in der Fußnote angegebene Nummer der Stiftung gewählt hatte, erhielt er die Ansage, dass diese Nummer derzeit nicht vergeben sei. 'Da hat sich einer Mühe gegeben, seine Spuren zu verwischen', überlegte Hauptkommissar Schwedt. 'Wenn das ein Scherz war, dann ist er aber gründlich danebengegangen.' Jetzt erst bemerkte er, dass die Nachricht einen Anhang enthielt. Der ließ sich leider nicht öffnen, sondern es war nur ein Flimmern auf dem Display und ein kratzendes Geräusch zu hören. Hauptkommissar Schwedt stufte die Nachricht endgültig als bösartigen Scherz ein. Aus seiner Sicht bestand kein Anlass für weiterführende Ermittlungen. Nun konnte er endlich seinen Bericht schreiben und zumindest diesen Vorgang abschließen.

Nachdem er seinen kurz gehaltenen Bericht verfasst hatte, übergab er diesen an die Mitarbeiter vor seinem Büro; die sich mit dem restlichen „Formularkram" herumschlagen sollten.

Viel schwieriger war der Fall Thomas Bauer. Da war ein junger Mann, der den Vortrag des norwegischen Wissenschaftlers an der Universität Leipzig besucht, welcher am Abend zu Tode kommt. Am nächsten Tag trifft sich Thomas Bauer in einer Kneipe mit seinem ehemaligen Klassenkameraden Ralf Wiesner. Der wird durch eine Messerattacke verletzt und stirbt später daran. Und einen Tag später tötet Thomas Bauer offenbar eine Frau in einem Vorort von Leipzig. Deswegen war er nun zur Fahndung ausgeschrieben. Die Spurensicherung fand in der Wohnung der toten

Frau seine Fingerabdrücke, so dass der Schluss nahelag, dass Thomas Bauer in diesen Vorfall verwickelt war. Normalerweise hätte Hauptkommissar Schwedt gesagt, dass dieser junge Mann ein Fall für die Psychiatrie gewesen wäre, aber weder zum Zeitpunkt des Todes von Dr. Sigurdson noch bei der Messerattacke war nach Zeugenaussagen Thomas Bauer direkt anwesend. Was also hatte er mit diesen Vorgängen zu tun, und was für ein Motiv konnte er im Fall Elisabeth Heiner haben? Es passte hinten und vorne nicht. Dass er nun auf der Flucht war, war nur allzu verständlich, nachdem er wegen Mordes gesucht wurde. Um sich ein Bild über Thomas Bauer zu machen, rief Hauptkommissar Schwedt zunächst bei dessen Arbeitgeber, den "Leipzig News" an. Dort wurde ihm mitgeteilt, dass der zuständige Redakteur Bernd Reinelt schon nicht mehr im Hause sei. In diesem Moment klopfte es an seiner Bürotür, und ein Mitarbeiter trat ein: „Hier ist ein gewisser Bernd Reinelt, der zu Ihnen möchte." 'Na, das nenn ich mal Zufall', dachte Hauptkommissar Schwedt: „Soll reinkommen." Bernd Reinelt trat ein. Hauptkommissar Schwedt bedeutete ihm, sich hinzusetzen. „Herr Reinelt, Sie sind also der Vorgesetzte von Thomas Bauer, ist das richtig?"

„Ja, das stimmt. Und Sie möchten bestimmt wissen, warum ich zu Ihnen gekommen bin?" Bernd Reinelt blickte den Hauptkommissar gespannt in die Augen.

Hauptkommissar Schwedt sah ihn prüfend an: „Zuvor möchte ich aber gerne wissen, wann Sie Thomas Bauer das letzte Mal gesehen haben und ob er sich zu dem Zeitpunkt irgendwie auffällig verhalten hat."

„Zuletzt habe ich ihn gesehen, als er von der Pressekonferenz wegen des toten Norwegers von der Uni Leipzig zurückgekommen ist." Nach kurzem Überlegen sagte Bernd Reinelt: „Halt, zuletzt habe ich ihn tags darauf gesehen, als er zu spät kam und in meinem Büro zwei Herren vom Staatsschutz auf ihn warteten."

„Staatsschutz? Können Sie sich an die Namen erinnern?"

„Nein, leider nicht. Sie haben mir nur kurz ihre Dienstausweise unter die Nase gehalten, so dass ich die Namen nicht lesen konnte. Sie haben Thomas Bauer dann auch gleich mitgenommen."

Einen Moment dachte Hauptkommissar Schwedt nach und ging zur Bürotür, öffnete diese und rief nach draußen: „Kann bitte jemand beim Staatsschutz in Berlin anrufen und nachfragen, ob gegen Thomas Bauer ermittelt wird?"

„Geht klar!", tönte es aus dem Nebenraum. Hauptkommissar Schwedt ging wieder zu seinem Platz und sah Bernd Reinelt eindringlich an: „Können Sie sich sonst noch an etwas erinnern, vielleicht eine Story, an der er gerade gearbeitet hat?"

„Er hat an nichts Besonderem gearbeitet. Der Tod des Norwegers war für ihn das Aufregendste, was er in den letzten Wochen in seinem Job erlebt hat."

„Kannte er diesen Wissenschaftler aus Norwegen persönlich?", fragte Hauptkommissar Schwedt.

„Nein. Normalerweise geht er Akademikern gern aus dem Weg. Und als er mir das Material von der Pressekonferenz übergab, war er wohl etwas angesäuert, weil ich den Artikel schreiben wollte. Wir hatten auch gar keine Zeit, darüber zu diskutieren, da ja schon die Herren vom Staatsschutz eingetroffen waren. Ach ja, beinahe hätte ich es vergessen! Die beiden vom Staatsschutz haben mich eindringlich gebeten, Ihnen dieses Päckchen zu übergeben."

Hauptkommissar Schwedt runzelte die Stirn: „Stimmt, wir hatten diesbezüglich vorhin einen Anruf bekommen."

„Irgendwie hatte ich kein Vertrauen zu den beiden. Als sie mich aufgefordert haben, es ihnen zu überlassen, habe ich mich schlicht geweigert", bemerkte Bernd Reinelt.

„Na, dann geben Sie mal her." Bernd Reinelt übergab ihm das Päckchen und Hauptkommissar Schwedt legte es neben sein Handy. „Und wer hat Ihnen denn nun das Päckchen gegeben?"

„Ein junger Mann, der sich als Freund von Thomas Bauer ausgegeben hat."

'Das ist alles ein bisschen seltsam. Vielleicht steckt mehr dahinter, als ich bis jetzt vermutet habe', dachte Hauptkommissar Schwedt. Zu Bernd Reinelt sagte er: „Von meiner Seite wäre das vorerst alles. Ich würde Sie bitten, draußen Ihre Anschrift und Telefonnummer zu hinterlassen. Wenn Ihnen noch etwas einfällt, können Sie mich auch gerne direkt anrufen."

Er übergab Bernd Reinelt seine Visitenkarte. Dieser verließ das Büro. Gleichzeitig betrat ein Mitarbeiter das Büro des Hauptkommissars und rief: „Ich habe in der Zentrale vom Staatsschutz in Berlin angerufen und gefragt, ob sie Ermittlungen bei den "Leipzig News" wegen Bauer durchführen. Sie haben mir geantwortet, dass dies nicht der Fall ist. Sie dürfen aber keine Informationen zu Sonderermittlungen herausgeben. Es kann also durchaus sein, dass der Staatsschutz dennoch hier in Leipzig tätig ist."

Nachdem der Mitarbeiter das Büro verlassen hatte, holte sich Hauptkommissar Schwedt einen Kaffee und setzte sich an den Tisch, wo in der Regel alle ihre Pause verbrachten. Nach etwa 20 Minuten ging Hauptkommissar Schwedt in sein Büro zurück. Dort angekommen, nahm er sich das Päckchen vor. Er öffnete es vorsichtig. Zum Vorschein kam ein Stick, eine Art Tagebuch, und ein Blatt Papier mit einer handschriftlich verfassten Notiz. Hauptkommissar Schwedt begann zu lesen:

"Hallo Bernd,

In diesem Päckchen ist das Tagebuch von Ralf Wiesner, einem ehemaligen Klassenkameraden, sowie ein Stick mit Daten, die den Missbrauch seiner Forschungsergebnisse für militärische Zwecke beweisen. Da ich wegen Mordes gesucht werde, kann ich Dir das Päckchen nicht selber übergeben. Ich habe niemanden ermordet, sondern muss selber um mein Leben fürchten. Wenn Du den Inhalt der Daten geprüft hast, wirst Du feststellen, dass Dr. Sigurdson und viele andere ..."

Hauptkommissar Schwedt konnte nicht weiterlesen, da seine Bürotür aufgerissen wurde: „Da sind zwei Herren aus Berlin, die sich als Sonderermittler des Staatsschutzes ausgeben. Sie wollen dringend mit Dir wegen des Falles Thomas Bauer sprechen."

Verärgert brummte Hauptkommissar Schwedt: „Sollen reinkommen." Die beiden Männer traten ein, und Hauptkommissar Schwedt bot ihnen an, Platz zu nehmen. „Was kann ich für Sie tun, meine Herren? Und von welcher Abteilung kommen Sie?"

Die beiden reichten ihre Dienstausweise herüber, und Hauptkommissar Schwedt konnte erkennen, dass sie, nach ihren Ausweisen zu urteilen, tatsächlich einer Sonderkommission des Staatsschutzes angehörten. Beide hatten amerikanisch klingende Namen.

„Sie haben sicher nichts dagegen, dass ich Ihre Dienstausweise überprüfen lasse, bevor ich mich weiter mit Ihnen unterhalte?"

„Natürlich nicht. Aber vielleicht sollten Sie sich die Mühe sparen und diese Telefonnummer anrufen." Einer der beiden Männer reichte Hauptkommissar Schwedt eine laminierte Visitenkarte, auf der eine Telefonnummer notiert war. Dieser wählte die Nummer. Es meldete sich die Abteilung Inneres in Berlin.

Hauptkommissar sprach hörbar gereizt in sein Handy: „Bei mir sitzen zwei Sonderermittler mit den Namen Mike Smith und Gus Tenner, die zu Untersuchungen im Fall Thomas Bauer in Leipzig sind."

„Einen Moment bitte, bleiben Sie bitte in der Leitung!" Eine gefühlte Ewigkeit später meldete sich eine männliche Stimme: „Sie rufen wegen der Ermittlung im Fall Thomas Bauer an?"

„Ja, können Sie mir die Identität der beiden Mitarbeiter bestätigen?"

„Das kann ich, und ich gebe ihn auch gleich die beiden Dienstnummern durch, damit Sie sie mit den Angaben auf den Dienstausweisen vergleichen können. Die Herren dürfen übrigens sämtliches Beweismaterial im Fall Thomas Bauer beschlagnahmen." Hauptkommissar Schwedt notierte sich die beiden Dienstnummern. Nach einem Vergleich mit den beiden Ausweisen sagte er zu Gus und Mike: „Ich bitte vielmals um Entschuldigung, aber das ist die bei uns übliche Vorgehensweise bei der Zusammenarbeit mit externen Ermittlungsbehörden."

„Dafür haben wir selbstverständlich volles Verständnis und nun bitte ich Sie, mir alle Unterlagen zum Fall Thomas Bauer zu übergeben. Auch das Päckchen, das ihnen Bernd Reinelt übergeben hat." Gus lächelte den Hauptkommissar an.

„Dann sind Sie wohl die Männer, von denen vorhin Bernd Reinelt gesprochen hat. Der war übrigens nicht der Überzeugung, dass Sie beim Staatsschutz angestellt sind."

„Kann ich ihm nicht übelnehmen", meinte Gus. „Wir arbeiten in einer Abteilung, die sich mit Dingen der nationalen Sicherheit beschäftigt. Deshalb kann und darf nicht jeder wissen, wo wir wann welche Ermittlung durchführen."

„Also schön, hier haben Sie das Päckchen und auch die an Bernd Reinelt gerichtete Notiz. Nur aus reiner Neugier, was ist denn so wichtig an diesen Daten?"

Mike lächelte ihn kalt an: „Wie schon gesagt, das betrifft die nationale Sicherheit und Sie sollten in Ihrem Interesse die Dinge auf sich beruhen lassen. Ich hoffe sehr für Sie, dass Sie sich nicht den Inhalt der Dateien angeschaut haben?"

„Dazu bin ich leider nicht gekommen, da das Päckchen erst kurz vorher abgegeben wurde."

„Dann ist ja alles in bester Ordnung und wir wollen nicht weiter stören. Der Fall Thomas Bauer ist hiermit für Sie abgeschlossen."

„Aber..."

„Kein Aber!", sagte Mike. „Wir haben uns hoffentlich klar ausgedrückt." Aus seinem Gesicht war sämtliche Freundlichkeit gewichen.

„Ist ja schon gut", brummte Hauptkommissar Schwedt, „ich habe weiß Gott noch genug anderes zu tun."

„Dann sind wir uns ja einig." Mike sah Hauptkommissar Schwedt an und drückte ihm die Hand zum Abschied. „Wir wünschen Ihnen für Ihre weitere Arbeit alles Gute!" Da Hauptkommissar Schwedt ein höflicher Mensch war, wünschte auch er den beiden eine angenehme Weiterreise, öffnete ihnen die Bürotür und geleitete sie nach draußen.

Mike und Gus liefen zu ihrem Auto und Mike schlug Gus auf die Schulter: „Das lief doch besser als erwartet. Jetzt fehlt nur noch Thomas Bauer. Wir haben sogar das Tagebuch von Wiesner und den Laptop inklusive der Sticks aus der Wohnung von den beiden Idioten. Das sind wahrscheinlich dann alle Kopien gewesen."

„Wollen wir's mal hoffen." Gus war sich nicht sicher, ob die Sache für sie abgeschlossen war. Natürlich war das ein Erfolg für sie und die Vorgesetzten würden zufrieden sein. Aber sein Bauchgefühl sagte ihm, dass noch nicht alles erledigt war. Sie hatten einfach zu viel Zeit verloren. Beide setzten sich ins Auto und Mike schlug vor, die Überwachungskameras der Polizei anzuzapfen um zu überprüfen, wo sich Thomas Bauer in den letzten Stunden aufgehalten hatte. Die neue Software zur Gesichtserkennung hatte auch keine große Mühe, die Spur von Thomas Bauer aufzunehmen. Leider verließ die beiden bald das Glück, da die Spur am Rand des Stadtviertels Connewitz endete. In diesem Viertel waren sämtliche Überwachungskameras von den dortigen Bewohnern regelmäßig zerstört worden. „Wenigstens wissen wir, dass er noch dort ist", murmelte Mike.

Gus meinte: „Dann müssen wir ja nur warten, bis er das Viertel verlässt und wir eine Alarmmeldung von der Software erhalten. Ich würde vorschlagen, dass wir jetzt ins Hotel fahren, uns frisch machen und anschließend Essen gehen." Dem stimmte Mike sofort zu. Die beiden fuhren zurück zum Hotel.

Thomas Bauer, der inzwischen den Rand des Stadtviertels Connewitz erreicht hatte, war zunächst in seiner ersten Panik nicht in der Lage, zu entscheiden, was er als nächstes tun sollte. Da er nicht zu seinen Eltern zurückkonnte, musste er eine Alternative suchen. Es war vielleicht das Beste, nach den Freunden von Mark Richter zu suchen. Aber wo sollte er sie suchen? Er entschied sich, einfach auf gut Glück die Einwohner von Connewitz anzusprechen. Zunächst lief er in eine etwas belebtere Hauptstraße. Es hielten sich zu dieser Zeit vornehmlich junge Leute in den Bars und Cafés auf. Es war früher Abend, so dass diese recht gut gefüllt waren. Er ging in die nächste Szene-Kneipe hinein und versuchte, etwas über die Freunde von Mark Richter herauszufinden. Aber egal, wen er fragte, entweder man misstraute ihm, oder sie kannten ihn wirklich nicht. So versuchte er es in der nächsten Bar. Dem Barkeeper war Thomas Bauer wegen seiner Fragerei dabei sofort aufgefallen und er ging auf Thomas Bauer zu. „Kann ich dir irgendwie helfen?"

„Ja. Kennst du vielleicht Freunde von Mark Richter?"

„Warum willst du das wissen?"

„Weil ich glaube, dass er in großer Gefahr ist, ich aber nicht zu seiner Wohnung gehen kann, um ihn zu warnen."

Der Barkeeper fragte: „Und wieso nicht?"

„Nach mir wird gesucht."

„Dachte ich mir schon. Dann bist du Thomas Bauer?" Thomas nickte. „Mark trifft sich hier oft mit seinen Freunden. Er hatte mich heute angesprochen und dabei auch deinen Namen erwähnt."

„Dann kannst du mir helfen?"

„Die Freunde von Mark sind auch meine Freunde. Aber zunächst solltest du aus dem Gastraum verschwinden. Ich bring dich nach hinten." Der Barkeeper ging voran und öffnete eine Durchgangstür zu einem Nebenraum. „Setz dich hierhin. Möchtest du ein Bier? Geht aufs Haus!"

„Gerne!" Thomas Bauer tat es richtig gut, einen Moment zur Ruhe zu kommen. Er setzte sich auf den erstbesten Stuhl, während der Barkeeper wieder zurück in den Gastraum ging. Nach einigen Minuten kehrte dieser mit einem Glas Bier zurück: „Die Freunde von Mark wissen Bescheid. Sie werden dich gleich abholen. Ich muss jetzt wieder zurück zu meinen Gästen."

Thomas bedankte sich. „Keine Ursache!", sagte der Barkeeper und verschwand durch die Durchgangstür. Kurze Zeit später kam tatsächlich ein Mann in Thomas' Alter herein und sagte zu ihm: „Du bist Thomas, von dem Mark erzählt hat? Ich bin Richard. Wir müssen schnell von hier verschwinden, damit dich nicht noch mehr Leute sehen. Wir gehen hinten über den Hinterhof raus." Die beiden verließen ohne Umschweife die Szene-Kneipe über den Hinterausgang und über verschiedene Innenhöfe und verwinkelte Gassen brachte Richard Thomas zu einem halb verfallenen Haus. In dessen renoviertem Kellergeschoss hatten sich ein paar junge Leute einen Arbeits- und Wohnbereich eingerichtet. Richard rief in den Keller hinein: „Hallo Leute, das ist Thomas Bauer, ein Freund von Mark." Drei oder vier junge Männer und eine junge Frau begrüßten ihn herzlich und drückten ihm die Hand oder klopften ihm auf die Schulter. „Da bist du ja an einer ganz heißen Sache dran! Ich bin übrigens Katrin", sagte die junge Frau zu Thomas Bauer. „Mark hat uns über alles informiert, und wir sind bereits dran, alles zur Operation 'Nemesis' in Erfahrung zu bringen." Katrin grinste: „Die Jungs sind Profis! Jetzt schauen wir mal, wie weit sie sind." Sie führte Thomas in einen von dem Wohnbereich abgetrennten Nebenraum, in dem drei junge Männer völlig vertieft in ihre Arbeit waren. „Dürfen wir euch kurz stören?", fragte Katrin leise. „Das ist Thomas Bauer, von dem die Daten zur Operation 'Nemesis' stammen." Die drei schauten sofort zu ihm hoch. Einer von ihnen sagte: „Nachdem wir uns die Daten angeschaut haben, ist es kein Wunder, dass die Geheimdienste hinter dir her sind. Wenn wir jetzt noch über Daten vom Server der Geheimdienste Informationen zu den Hintermännern bekommen, dann können diese Verbrecher ihr blaues Wunder erleben!"

„Seid bloß vorsichtig, die sind zu allem fähig!", warf Thomas ein.

„Da kannst du ganz beruhigt sein, in unserem Stadtviertel gibt es keine Überwachungskameras und auch keine Polizei mehr. Und jeder, der hier nicht bekannt ist, wird von uns automatisch im Auge behalten. Wir leben hier in einer mehr oder weniger ,alternativen' Szene. Die meisten von uns sind auch gegen jegliche Gewalt. Das sehen aber leider nicht alle so. Deshalb gibt es immer wieder Auseinandersetzungen mit der Polizei am Rand des Viertels. Die Polizisten werden als Büttel der Staatsmacht gesehen und auch so behandelt. Nach zahllosen Attacken trauen sie sich nicht mehr so recht nach Connewitz. Viele, die hier leben, sind Studenten oder junge Leute, die sich eine teure Wohnung in der Stadt nicht leisten können."

Seine Rede wurde von seinem Nachbarn unterbrochen: „Ich glaub, ich hab da was! Es war zwar nicht ganz einfach, an die Dateien heranzukommen, aber auf einem der Server der CIA habe ich Daten zu 'Nemesis' entdeckt. Die Sicherheitsprogramme werden uns bald entdecken, so dass ich mich mit dem Herunterladen der Dateien beeilen muss. Nach dem Drücken einiger Tasten sagte er: „Und los geht's!" Alle starrten wie gebannt auf das Display. Es schien ganze Ewigkeiten zu dauern, bis sich der Download seinem Ende näherte...

Washington D.C.

Major Simmons, zuständig für die Sicherheit des Netzwerksystems in der hiesigen Dienststelle der CIA, war gerade dabei, einen aktuellen Bericht zu Störungen und versuchten Einbrüchen in das Netzwerk durch Hacker zu studieren, als er in den Serverraum gerufen wurde. 'Schon wieder ein Hacker-Angriff!', dachte er frustriert. Obwohl die Lage und auch die Ausstattung dieser CIA-Außenstelle streng geheim waren, war offenbar nichts vor diesen Hackern sicher. Er rannte die Treppe zum Serverraum hinunter, riss die Tür auf und brüllte: „Was ist jetzt schon wieder los?"

„Da versucht jemand aus Deutschland auf Dateien der Operation 'Nemesis' zuzugreifen!" Der Mitarbeiter, der Major Simmons gerufen hatte, deutete auf einen Bildschirm: „Ich habe schon das Sicherheitsprotokoll A eingeleitet. Die Originaldaten wurden auf einen anderen Server verschoben. Sie wurden durch eine Direktive des Landwirtschaftsministeriums zur Schädlingsbekämpfung in verschiedenen Counties des mittleren Westens ersetzt."

„Ermitteln Sie trotzdem den Standort der Hacker und leiten Sie entsprechende Maßnahmen ein!" Nachdem er sich überzeugt hatte, dass keine Gefahr mehr bestand, ging Major Simmons zurück in sein Büro und ließ sich mit dem stellvertretenden Direktor seiner Abteilung, Peter Donovan, verbinden. Er informierte ihn über den Vorfall und auch darüber, dass der Hacker-Angriff erfolgreich abgewehrt wurde.

Dass der Angriff auf den Server entdeckt worden war, hatten die drei Hacker sehr schnell mitbekommen. Glücklicherweise war der Download der Dateien bereits beendet. Sie trennten ihren Laptop sofort vom Netz. „Die werden euch sicher schon aufgespürt haben", bemerkte Thomas.

„Keine Angst, wir haben unsere Spuren verwischt. Normalerweise hacken wir uns nicht direkt in einen anderen Server ein, sondern über mehrere Umwege. Mit anderen Worten: Unser genauer Standort kann erst nach einiger Zeit festgestellt werden. Wir merken sofort, wenn jemand versucht, unseren Standort herauszufinden. Dann haben wir immer noch ein paar Minuten Zeit, zu handeln." Katrin schien sich damit ganz gut auszukennen und Thomas war einigermaßen beruhigt.

„Nun sollten wir uns mal die Daten anschauen, die ihr heruntergeladen habt." Katrin öffnete den Dateiordner Nemesis, in dem aber nur eine Textdatei enthalten war. Thomas rief diese Textdatei auf und fing nach einigen Sekunden an zu fluchen: „Dieses Dokument hat nichts mit der Operation 'Nemesis' zu tun! Das ist etwas völlig anderes. Irgend so ein ellenlanger Bericht vom US-Landwirtschaftsministerium!"

„Was machen wir denn jetzt?" Katrin war einigermaßen bestürzt. „Die wissen jetzt da drüben Bescheid. Wir müssen uns etwas einfallen lassen."

Thomas dachte einen Moment nach und sagte dann: „Dann wollen wir sehen, was wir über den Arbeitgeber von Ralf in Erfahrung bringen können."

Katrin meinte: „Das war doch Nanosearch, richtig? Von dieser Firma habe ich noch nie gehört."

„Das ist ja auch kein Wunder, wenn die Forschung als geheim eingestuft wurde. Schauen wir auf die offiziellen Webseiten, falls es welche gibt." Thomas hatte tatsächlich nach ein paar Sekunden eine Webseite zum Unternehmen Nanosearch im Netz gefunden: „Die haben eine offizielle Webseite, sieh an." Darüber war Thomas auch nicht weiter verwundert, schließlich war jedes Unternehmen mit Sitz in den USA verpflichtet, eine Kontaktadresse öffentlich zu machen. Laut der Webseite beschäftigte sich Nanosearch mit der Anwendung und Herstellung von Nanopartikeln zu medizinischen Zwecken. Auf der Webseite fanden sich keine Hinweise zu Publikationen in Fachzeitschriften oder Magazinen. Thomas war völlig klar, dass bei einer geheimen Waffenforschung nichts veröffentlicht wurde. Deshalb bat er seine neuen Freunde: „Könnt ihr versuchen, ein Organigramm oder andere Informationen zur Verwaltungsstruktur von Nanosearch zu bekommen? Wichtig zu wissen wäre auch, wohin die Forschungsergebnisse normalerweise verschickt werden."

Die drei Hacker nickten: „Das wird jetzt aber ein Weilchen dauern!"

„Kein Problem", beruhigte Thomas die drei.

„Und was willst du jetzt unternehmen?" Katrin schaute ihn fragend an.

„Ich werde versuchen, unauffällig Kontakt zu meinen Eltern aufzunehmen. Natürlich nicht allein. Dazu werde ich deine Hilfe benötigen. Hast du ein Auto?"

„Wir haben ein Auto, das wir uns alle teilen. Es ist ein ausrangiertes E-Car."

„Könntest du mit mir morgen zu einer bestimmten Adresse fahren?" Thomas schaute Katrin lächelnd an.

„Klar, können wir. Ich muss es nur für uns reservieren. Dauert es lange?"

„Höchstens zwei Stunden; sagen wir von zehn bis zwölf Uhr, o.k.?"

Katrin nickte: „Können wir so machen. Aber jetzt zeige ich dir, wo du schlafen kannst. Die Jungs werden bestimmt noch ein paar Stunden brauchen, so dass du dich jetzt ganz beruhigt hinlegen kannst." Katrin brachte Thomas in einen weiteren Nebenraum: „Das ist zwar kein Luxusapartment, aber zum Schlafen reicht es." Im Grunde genommen war es Thomas herzlich egal, wie es hier aussah, denn er war todmüde. Kaum dass er sich hingelegt hatte, schlief er auch schon ein.

Am nächsten Tag weckte ihn Katrin früh und lud ihn zu einem kleinen Frühstück in den Wohnraum ein. „Ich nehme an, du bist völlig ausgehungert!", grinste Katrin Thomas an.

„Das kannst du aber laut sagen." Thomas freute sich: „Frische Brötchen, frischer Kaffee, das ist ja fast wie im Paradies." Sie setzten sich beide an den Tisch und Thomas sagte zu Katrin: „Ich hab mich noch gar nicht bei euch bedankt. In den letzten Tagen haben mir viele Leute geholfen, ohne etwas dafür als Gegenleistung zu erwarten."

„Das ist bei uns halt so. Außerdem bist du dabei, ein wirklich großes Verbrechen aufzuklären. Da fühlen wir uns verpflichtet, dich zu unterstützen." Kathrin sah Thomas mit ernstem Gesichtsausdruck an: „Ich hoffe, wir können die Amerikaner in ihre Schranken weisen!"

Thomas erwiderte: „Es sind nicht DIE AMERIKANER. Es sind Teile der jeweiligen Administration, die abseits der Öffentlichkeit versuchen, Einfluss auf andere Menschen zu nehmen, ihre Machtgelüste zu befriedigen und, von Angst und Gier getrieben, ihre Positionen mit allen Mitteln zu halten und auszubauen. Warum sollten auch die Amerikaner als Volk Waffen bauen, mit denen man ihnen fremde Personen umbringen kann?"

Katrin dachte eine Weile nach: „Da hast du recht. Die Menschen neigen leider dazu, zu verallgemeinern. Ich selbst kenne viele Amerikaner, da ich schon einmal in den USA im Urlaub war. Die meisten waren sehr nett und haben eigentlich nur den Wunsch, ein einigermaßen gutes Auskommen zu haben. Deshalb müssen aber genau diese Menschen darüber informiert werden, was in ihrem Land schiefläuft, damit sie dagegen etwas unternehmen können. In vielen demokratisch geführten Ländern gibt es permanent Versuche, die Demokratie zu untergraben und insgeheim Machtstrukturen zu schaffen, die es einigen wenigen ermöglichen, jenseits von Recht und Gesetz ihre Interessen durchzusetzen."

Gerade wollte Thomas darauf antworten, als die Tür geöffnet wurde und ein Thomas unbekannter junger Mann eintrat. Tränen liefen über dessen Gesicht, als er Katrin ansprach: „Mark wurde in seiner Wohnung erschossen. Und Holger auch!"

Katrin sprang von ihrem Sitzplatz auf und lief zu ihm: „Setz dich bitte und erzählt uns noch mal genau, was passiert ist, und woher du das weißt."

„In den Nachrichten wurde von einer Schießerei am Rand unseres Viertels berichtet. Dabei habe ich das Haus erkannt, in dem die

Wohnung von Mark liegt. Ich bin sofort dorthin, doch die Polizei hat alles abgesperrt. Dann habe ich versucht, Mark oder Holger telefonisch zu erreichen. Niemand ging ans Telefon. Die Presse war schon vor Ort und irgendjemand von denen hatte Bilder vom Tatort. Auf den Bildern war die Küche von Mark zu sehen und auf dem Boden lagen zwei Tote. Ich bin mir sicher, dass es Mark und Holger waren. Ein Reporter meinte, dass sie sich wohl gestritten und dann gegenseitig erschossen hätten!"

„Sie werden wieder vermuten, dass ich dahinter stecke", sagte Thomas. „Überall sind ja meine Fingerabdrücke. Ich muss endlich etwas unternehmen, damit das aufhört. Vielleicht sollte ich mich der Polizei stellen."

„Das lässt du mal schön bleiben! Einer von uns wird zur Polizei gehen und eine Aussage machen. Mark hat Waffen gehasst und hätte auch niemals eine in die Hand genommen. Ebensowenig Holger", sagte Katrin.

Der junge Mann auf dem Stuhl hatte sich inzwischen einigermaßen erholt und bot sich an, zur Polizei zu gehen: „Da ich in das Geschehen nicht weiter eingeweiht bin, bin ich völlig unverdächtig und kann auch zu anderen Dingen keine Aussage machen."

„Die Idee ist gar nicht so schlecht", meinte Katrin. „Hoffentlich unternimmt die Polizei etwas, um die wahren Täter ausfindig zu machen."

Thomas bat den jungen Mann, dem Leiter der Mordkommission eine Nachricht zu übergeben. Er schrieb einige Zeilen auf ein Blatt Papier und gab es dem jungen Mann: „Wie heißt du eigentlich?"

„Matthias."

Thomas sagte: „Ich bin Thomas Bauer, den die Öffentlichkeit für einen Mörder hält. Wenn du bei der Polizei bist, darfst du ihnen nicht sagen, wo ich bin."

„Irgendwie kamst du mir auch bekannt vor. Aber von mir erfahren die kein Wort."

„Also Matthias, du gibst das dem Leiter der Mordkommission, zusammen mit diesem Stick, ja?"

„Bin schon unterwegs!" Der junge Mann stand auf und verließ, ohne sich noch einmal umzusehen, das Kellergeschoss.

„Katrin, hast du eventuell ein Handy älterer Bauart, was noch funktioniert, dass du aber nicht mehr benutzt?" Thomas hatte eine Idee. „Dann könnte ich die Nachbarn meiner Eltern anrufen und sie bitten, ihnen eine Nachricht von mir zukommen zu lassen."

„Ich hab keins, aber unsere Computerfreaks scheinen die zu sammeln. Bin gleich wieder da."

Katrin verschwand kurz im Computerraum. Als sie zurückkehrte, drückte sie Thomas ein Handy älterer Bauart in die Hand: „Kannst du damit etwas anfangen?"

Thomas antwortete: „Ausgezeichnet, das ist eins, das nicht geortet werden kann. Und nun erkläre ich dir auch meinen Plan. In der Nähe von Leipzig gibt es einen kleinen Wald, das sogenannte Oberholz. Dort sind wir früher immer Pilze suchen gegangen. Da werde ich mich mit meinen Eltern treffen können, ohne dass mich jemand sieht. Dich würde ich als Fahrer brauchen, denn ich müsste mich hinter die Vordersitze legen, damit mich die Überwachungskameras außerhalb von Connewitz nicht filmen können. Doch zunächst muss ich die Rufnummer von unserem Nachbarn herausfinden." Das stellte kein Problem dar und nach kurzer Zeit hatte Thomas auch schon die Rufnummer in der Hand. Er wählte die Nummer und hoffte, dass sein Nachbar zu Hause war. Er hatte Glück, denn schon nach dem zweiten Klingeln hörte er die Stimme seines Nachbarn: „Hier ist Manfred Kunze, was kann ich für Sie tun?"

„Und hier ist Thomas."

„Hallo Thomas, was ist dir bloß passiert? Du sollst jemanden ermordet haben?" Glaub ich nicht!"

„Ich kann dir versichern, dass da nichts dran ist", sagte Thomas. „Ich muss dich aber um einen kleinen Gefallen bitten."

„Welchen?"

„Kannst du bitte zu meinen Eltern rübergehen und ihnen sagen, dass Bubi heute Pilze suchen geht? Er möchte sich um elf mit ihnen an bekannter Stelle auf dem Parkplatz treffen. Auf keinen Fall darfst du sie anrufen, denn das Telefon wird mit Sicherheit abgehört."

„Wenn's weiter nichts ist. Kann ich gleich erledigen."

„Manfred, ich danke dir!" Nachdem Thomas aufgelegt hatte, wandte er sich er an Katrin: „Wir sollten uns auf den Weg machen. Kennst du das Oberholz?"

„Kenne ich ganz gut; wir haben früher dort auch Pilze gesucht. Ich weiß auch, welcher Parkplatz gemeint ist." Katrin musste lachen: „Deine Eltern haben dich Bubi genannt?"

Thomas grinste zurück: „Glaub mir, da gibt es schlimmere Namen." Die beiden verließen das Kellergewölbe und gingen zum E-Car. Thomas legte sich zwischen die Vordersitze und die Rückbank. Die Fahrt selbst dauerte etwas mehr als eine Viertelstunde. Katrin fuhr auf den Parkplatz am Rand des Oberholzes, sah sich kurz um und forderte dann Thomas auf, auszusteigen: „Hier ist weit und breit niemand zu sehen. Kannst rauskommen." Thomas stieg aus und sagte zu Katrin: „Es ist ja noch nicht elf. Meine Eltern sind bekannt dafür, genau auf die Minute pünktlich zu sein." Sie unterhielten sich noch über die verschiedenen Pilzarten, die man hier finden konnte uns so verging die Zeit fast wie im Flug. Genau zur vollen Stunde bog ein Fahrzeug von der Straße ab, fuhr auf den Parkplatz und stellte sich neben das E-Car. Die Eltern von

Thomas stiegen aus. Er ging zu ihnen, nahm sie in den Arm und drückte sie beide. Sein Vater blickte ihn ernst an: „Wir glauben nichts von dem, was sie über dich erzählen. Du bist ein guter Junge, das wissen deine Mutter und ich ganz genau." Thomas erzählte seinen Eltern stichpunktartig, was bisher passiert war und am Ende der Geschichte nickte sein Vater nachdenklich: „Du musst alles tun, um deine Unschuld zu beweisen und die Mörder zu überführen. Da fällt mir ein, dass dein Klassenkamerad uns ein Päckchen geschickt hat. Ich hab es gleich mitgebracht und hoffe, dass es dir nützlich sein kann."

Thomas riss förmlich das Päckchen auf und zum Vorschein kam ein Stick und eine handschriftliche Nachricht von Ralf:

„Hallo Thomas,

wir haben zwar lange Zeit nichts voneinander gehört, aber in unserer Kindheit waren wir ja dicke Freunde. Wie Du vielleicht weißt, arbeite ich in der Forschung von Nanosearch, einem Institut in den USA. Nanosearch befasst sich aber nicht mit der Entwicklung medizinisch nutzbarer Nanopartikel. Sie haben eine Waffe gebaut. Ich komme nach Deutschland, weil ich das herausgefunden habe und hier nicht mehr sicher bin. Falls ich Dich nicht persönlich treffen kann, dann nimm diesen Stick mit einer Kopie meines Tagebuches. Auf dem Stick sind Daten zu einer Operation der CIA mit dem Namen 'Nemesis'. Geh damit an die Öffentlichkeit! Inzwischen weiß ich ja, dass Du bei einer Zeitung arbeitest. Sei aber bitte vorsichtig!

Gruß

Ralf"

Thomas faltete die Nachricht und steckte sie zusammen mit dem Stick in seine Hosentasche. Er wandte sich an seine Eltern: „Ich danke euch. Jetzt solltet ihr wieder nach Hause fahren. Das ist übrigens Katrin, die mir sehr geholfen hat." Katrin gab den beiden die Hand. Nachdem er seine Eltern umarmt und auch Katrin sich verabschiedet hatte, gingen sie zum Auto und fuhren nach Mölkau. Auch Thomas und Katrin machten sich auf den Weg zurück in die Stadt. Dabei legte sich Thomas wieder zwischen Rückbank und Vordersitze.

Im Polizeirevier Ritterstrasse saß Hauptkommissar Schwedt derweil über den ersten Berichten der Spurensicherung zu der Schießerei am Rand des Stadtviertels Connewitz. Es machte ihn sofort stutzig, dass sich die zwei Männer mit einer Beretta 92 FS erschossen hatten. Es waren Schusswaffen, wie sie immer noch bei der US-Army genutzt wurden. Dabei waren beide Waffen mit einem Gewinde für Schalldämpfer ausgestattet. Somit waren es Spezialausführungen. Und die konnte man nicht in jedem beliebigen Waffenladen kaufen. Schon gar nicht in Deutschland. Daher ergab sich die logische Frage: 'Wenn sich die Männer schon gegenseitig umbringen wollten, wieso mit identischen Waffen? Zudem waren die Waffen auch nicht registriert. Da wäre es sogar auf dem Schwarzmarkt schwierig, so eine Waffe zu bekommen.' Er dachte noch darüber nach, wie die beiden zu solchen Waffen gekommen sein könnten, als es von draußen an die Tür klopfte und einer der diensthabenden Mitarbeiter eintrat. „Chef, draußen sitzt ein junger Mann mit dem Namen Matthias Schwarz, der unbedingt mit Ihnen sprechen möchte. Worum es geht, wollte er nicht sagen, es sei aber sehr dringend."

„Ich komme hier sowieso nicht weiter, bringen Sie ihn mal rein." Kurze Zeit später trat ein junger, blass aussehender Mann ein. „Mein Name ist Matthias Schwarz; ich möchte eine Aussage zu meinen ermordeten Freunden Mark Richter und Holger Krüger machen."

„Wie kommen Sie darauf, dass die beiden ermordet wurden?"

„Weil die beiden Waffen wie die Pest gehasst haben und zudem sehr gute Freunde sind -waren!"

„Na schön, nehmen wir einmal an, dass das stimmt, was Sie da sagen. Wer sollte sie Ihrer Meinung nach dann ermordet haben?"

„Deswegen habe ich Ihnen diese Nachricht und diesen Stick mitgebracht." Der Hauptkommissar Schwedt nahm den Zettel und den Stick Matthias Schwarz ab und legte den Stick auf den Schreibtisch. Dann faltete er den Zettel auseinander und begann zu lesen:

„An den Leiter der Mordkommission,

auf dem beiliegenden Stick werden Sie Daten zu einer Geheimdienst-Operation 'Nemesis' finden. Wegen dieser Daten mussten bereits einige Menschen sterben. Ralf Wiesner, als Wissenschaftler bei einem US- Unternehmen namens Nanosearch angestellt, der den Missbrauch seiner Forschungsergebnisse verhindern wollte. Elisabeth Heiner, die mir Unterschlupf gewährt hat, als ich nach dem Treffen mit Ralf Wiesner die Daten aus einem Versteck an mich genommen hatte. Letztendlich mussten auch die beiden Menschen sterben, die mir, dem Schreiber dieser Nachricht, helfen wollten. Sie werden auf dem Stick eine Liste finden. In dieser Liste sind Personen aus verschiedenen Ländern aufgeführt, die aus Wirtschaft und Politik, aber auch aus der Wissenschaft stammen und von denen einer nach dem anderen eliminiert wurde bzw. werden soll. Auch den Namen Dr. Sigurdson werden Sie finden. Dieser hat sich für die generelle Kontrolle der Entwicklung der Nanotechnolgie durch den Staat eingesetzt. Speziell hat er sich für die Kontrolle des dubiosen Unternehmens Nanosearch ausgesprochen. Wahrscheinlich wurde er deswegen auch mit einem Produkt der Firma Nanosearch ermordet. Untersuchen Sie einfach die Gewebeproben des Toten mittels Rasterelektronenmikroskopie. Sie werden überrascht sein. Vergessen Sie bitte nicht, nach den beiden Männern zu fahnden, die sich als Mitarbeiter des Staatsschutzes ausgeben, aber mit Sicherheit keine Mitarbeiter desselben sind. Ich hoffe, dass diese Informationen für ihre weiteren Ermittlungen hilfreich sind.

Thomas Bauer"

Das war einfach ungeheuerlich. Hauptkommissar Schwedt war vor Wut außer sich. Da hatte er sich offenbar von zwei mutmaßlichen Geheimdienstlern hinters Licht führen lassen. Er wandte sich an Matthias Schwarz: „So, Herr Schwarz. Sie gehen zurück zu Thomas Bauer. Ich gebe Ihnen aber noch etwas mit, mit der Bitte, ihm das zu zeigen. Warten Sie einen Moment."

Er verließ das Büro und rief in den Raum, in dem einige Mitarbeiter saßen: „Alles mal herhören! Der Fall Thomas Bauer ist offiziell für uns abgeschlossen. Daher besteht für uns auch kein Anlass, weiter nach ihm zu fahnden. Im Gegenteil, er steht ab sofort unter Polizeischutz. Geben Sie das an die anderen Polizeireviere durch. Wenn er sich in einem der Reviere meldet, so ist er unverzüglich zu mir zu bringen. Wer war alles mit dem Fall Elisabeth Heiner beschäftigt?" Es hoben sich zwei Hände. „Es haben sich gerade Hinweise ergeben, dass Elisabeth Heiner nicht von Thomas Bauer, sondern von zwei anderen Männern ermordet wurde. Diese beiden Männer haben sich gestern bei mir als Mitarbeiter des Staatsschutzes ausgegeben. Wir werden jetzt mit Hilfe der Überwachungskameras von ihrem Besuch hier ein Gesichtsprofil erstellen. Ihr findet heraus, wo die beiden übernachtet haben. Sperrt den Raum sofort ab und holt die Spurensicherung. Alles klar? Und gebt mir bitte so schnell wie möglich Bilder von den

Gesichtern der beiden. Das macht ihr bitte als erstes. Na, los los! Als nächstes möchte ich wissen, wer sich mit der Schießerei in Connewitz befasst." Wieder hoben sich zwei Hände: „Sobald ihr den vollständigen Bericht der Spurensicherung habt, vergleicht ihr die DNA-Analysen mit denen im Mordfall Elisabeth Heiner. Informiert mich sofort über eventuelle Übereinstimmungen. Sorgt außerdem dafür, dass niemand die Wohnung von Elisabeth Heiner oder Mark Richter betritt. Ich meine niemand, kein Politiker, keiner vom Staatsschutz oder wer auch immer! Kann außerdem jemand diesen Redakteur Bernd Reinelt anrufen? Er soll bis auf Weiteres niemanden in das Büro von Thomas Bauer lassen."

Eine Stimme aus dem Hintergrund trompetete: „Geht klar, Chef!"

Inzwischen hatte jemand einigermaßen scharfe Bilder der zwei Männer vom Besuch im Revier ausgedruckt. Hauptkommissar Schwedt ging zurück in sein Büro: „So, junger Mann. Gehen Sie bitte mit diesen Bildern zurück zu Thomas Bauer und fragen Sie ihn, ob er die beiden Männer wiedererkennt. Rufen Sie mich danach bitte sofort an! Und er soll Connewitz vorerst nicht verlassen, da ist er sicher."

Der junge Mann stand auf, drückte Hauptkommissar Schwedt die Hand und verließ das Büro. Hauptkommissar Schwedt verglich unterdessen die Rufnummer des Staatsschutzes in Berlin mit der, die er von der Visitenkarte der beiden Männer übernommen und in sein Handy getippt hatte. Auf den ersten Blick sah er, dass es eine völlig andere Nummer war. Wie konnte er nur darauf hereinfallen! Trotzdem rief er beim Staatsschutz in Berlin an und ließ sich mit der Abteilung für Sonderermittlungen verbinden. Nachdem er sich dort ausgewiesen hatte, bekam er die Antwort, die er erwartet hatte. Unter der von ihm genannten Nummer gab es keinen Anschluss beim Staatsschutz. Er bedankte sich für die Information und rief anschließend in der Gerichtsmedizin an: „Hier ist

Hauptkommissar Schwedt. Könnten Sie bitte im Fall Dr. Sigurdson noch ein paar zusätzliche Untersuchungen machen? Wir haben Hinweise darauf, dass es sich um einen Mord handelt."

„Und was sollen wir untersuchen?", fragte der diensthabende Gerichtsmediziner.

„Laut Obduktionsbericht, der mir vorliegt, starb er vermutlich an plötzlichem Herzversagen; eventuell hervorgerufen durch Herzkammerflimmern. Ihr Kollege war sich aber nicht sicher. Bitte nehmen Sie ein paar Gewebeproben und untersuchen Sie diese mittels Rasterelektronenmikroskopie."

„Und was soll das bringen?"

„Ich habe Informationen darüber, dass Sie etwas finden werden."

„Meinetwegen. Ich werde die Untersuchung sofort veranlassen und Sie anrufen, sobald die Ergebnisse vorliegen. Wird etwa eine Stunde dauern." Hauptkommissar Schwedt bedankte sich und verließ sein Büro.

„Gibt es schon etwas Neues?", rief er den Mitarbeitern im Dienstraum zu.

„Ja, wir haben das Hotel ausfindig gemacht, in dem die beiden Männer übernachtet haben. Wir haben das Zimmer sofort polizeilich sperren lassen und zwei Kollegen sind schon auf dem Weg dorthin, um sie festzunehmen." Er nickte zufrieden. Jetzt hat er endlich eine Spur, die vielleicht zu Lösung aller Fälle führte.

Mike und Gus schrieben gerade ein paar kurze Memos für spätere Berichte an ihre Vorgesetzten. Anschließend setzten sie sich in die Lobby, um ihre weitere Vorgehensweise zu besprechen.

„Wir müssen jetzt einfach warten, bis Bauer dieses verdammte Stadtviertel verlässt", sagte Mike. „Was hältst du davon, wenn wir uns in das Café nahe des Verlagshauses setzen. Da haben wir auch gleich den Überblick, ob eventuell Bernd Reinelt das Gebäude verlässt."

„Gute Idee. Worauf warten wir?" Die beiden standen auf und gingen in Richtung Hotelausgang, als plötzlich das Handy von Mike klingelte. Mike hielt das Handy ans Ohr und lauschte mit angespanntem Gesichtsausdruck. Er flüsterte: „Unser Einsatz ist soeben beendet worden. Wir haben den Befehl erhalten, auf schnellstem Weg zum nächsten Stützpunkt der US-Army zu fahren. Wir sind aufgeflogen!" Die beiden rannten zum Fahrstuhl, fuhren in die vierte Etage und liefen zu ihrem Zimmer. Dort packten sie in Windeseile alle Sachen zusammen und begaben sich anschließend zur Rezeption, wo sie mit einer ihrer Guthaben-Karten bezahlten. Danach begaben sie sich zu ihrem Auto und machten sich auf den Weg. Kurze Zeit später traf die Polizei im Hotel ein. An der Rezeption erfuhren sie, dass die beiden Gesuchten schon weg waren. Sie ließen sich die Zimmerschlüssel aushändigen. „Haben die beiden im Hotelgelände geparkt?", fragte einer der Polizisten.

„Nein, aber ich weiß, dass sie in der Seitenstraße geparkt haben. Unsere Überwachungskamera hat die Straße mit im Blick.", informierte sie der diensthabende Mitarbeiter an der Rezeption.

„Dürften wir mal die Aufnahmen der letzten Stunde sehen?"

„Kein Problem."

Auf der Videoaufnahme der letzten halben Stunde war zu sehen, wie die beiden Männer in ihr Auto stiegen. Das Kennzeichen des Fahrzeugs war ebenfalls sehr gut zu erkennen. Die Polizisten gaben die Informationen sofort an das Revier weiter. Sie wandten sich an den Angestellten: „Das war schon alles. Die Spurensicherung wird gleich hier eintreffen. Bitte unterstützen Sie diese bei Ihrer Arbeit. Vielen Dank." Die Polizisten warteten noch bis zum Eintreffen der Spurensicherung und fuhren dann zurück zum Revier.

Unterdessen war Matthias wieder bei Thomas und Katrin ange-kommen. Noch ganz außer Atem, rief er: „Thomas, du stehst jetzt unter Polizeischutz und es wird nicht mehr nach dir gefahndet. Du sollst Connewitz nicht verlassen. Der Hauptkommissar denkt, dass du hier sicher bist. Jetzt wird nach den beiden Männern vom Staatsschutz gefahndet. Er hat mir ein Foto von den beiden mit-gegeben. Sind das die beiden, die hinter dir her sind?" Matthias zeigte Thomas die Bilder.

„Kein Zweifel, die sind es!"

„Dann ruf ich sofort den Kommissar zurück. Ich habe es ihm schließlich versprochen."

Thomas war angenehm über die positive Entwicklung der Ereig-nisse überrascht. „Was haben unsere ‚Computerfreaks' noch her-ausgefunden?"

Die „Computerfreaks" waren gerade aufgestanden (sie hatten die Nacht durchgearbeitet) und wohl noch in der Phase der Selbstfin-dung. Eine Viertelstunde später, nach ein paar Litern Kaffee und einem kleinen Imbiss waren sie ansprechbar und fingen von sich aus an, zu erzählen. „Es war recht schwierig, die Sicherheitssys-teme von Nanosearch zu umgehen, ohne dass es auffällt. Ist man aber drin, ist der Rest ein Kinderspiel. Dieser Roger Jones ist auch nicht der cleverste, was Datensicherheit betrifft. Wir konnten sei-nen gesamten E-Mail- Verkehr kopieren und herunterladen. Ist natürlich illegal, aber wen interessiert das? Natürlich haben wir davon gleich ein paar Kopien erstellt. Hier sind zwei Sticks für dich."

„Wunderbare Nachrichten!", jubelte Thomas. „Jetzt bekommen wir endlich Informationen zu den Hintermännern!"

„Ach ja, wir haben uns auch die Vita von dem Forschungsdirektor angeschaut. Interessanterweise hat er früher lange Zeit im US-

Verteidigungsministerium gearbeitet. Dort hat er sich mit innovativen Therapieansätzen bei Tumorerkrankungen, Vergiftungen und Verwundungen von Soldaten, die aus dem Einsatz im Ausland kamen, beschäftigt."

Thomas bemerkte dazu nur: „Das passt wie die Faust aufs Auge. Diese Informationen sollten der Hauptkommissar und auch mein Chef erhalten."

Matthias meldete sich: „Das erledige ich; mich kennt er schon und deinen Chef finde ich auch."

„Sehr gut!", meinte Thomas. „Dann gib den beiden je einen Stick. Warte eine Sekunde! Wir müssen die Daten nur noch zusammenfassen und auf die beiden Sticks kopieren." Das war schnell erledigt und Matthias machte sich auf den Weg zur Polizei und dem Verlag der „Leipzig News".

Hauptkommissar Schwedt setzte sich unterdessen mit dem BKA in Berlin in Verbindung und machte den Personenschutz der „Zielpersonen" der Operation „Nemesis" zu einer dringenden Angelegenheit. Da es in Deutschland nach wie vor keine Außenstelle von Interpol gab und diese Aufgabe von einer Abteilung innerhalb des BKA bewältigt wurde, verlangte Hauptkommissar Schwedt vom BKA, dass auch die Zentrale von Interpol informiert wurde. Da die „Zielpersonen" verschiedener Nationalität waren, konnte nur auf diese Weise rasch gehandelt werden. Er beendete das Telefonat erst, als ihm zugesichert wurde, dass sofort alles Notwendige eingeleitet würde. Einigermaßen zufrieden mit dieser Antwort wollte er sich mit den Ergebnissen der Spurensicherung in der Wohnung von Elisabeth Heiner befassen, als er schon wieder gestört wurde. Es klopfte an die Bürotür.

Er rief: „Herein!"

„Hier ist noch mal Herr Schwarz. Er hat noch was für Sie, Chef."

„Soll reinkommen", murmelte Hauptkommissar Schwedt.

Matthias Schwarz war noch gar nicht richtig im Büro, als er auch schon rief: „Herr Schwedt, ich habe für Sie interessante Informationen zu Nanosearch und dessen Forschungsdirektor Roger Jones!"

„Und woher haben Sie die?", fragte er, obwohl er sich die Antwort denken konnte.

„Aber Herr Schwedt!" Scheinbar entrüstet antwortete Matthias Schwarz: „Ich habe meine Quelle und Sie haben Ihre. Solche Informationen bekomme ich nur, wenn man mir vertraut und ich dieses Vertrauen nicht missbrauche, indem ich meine Quelle der Polizei preisgebe." „Schon gut, schon gut", schmunzelte Hauptkommissar Schwedt, „war nicht so gemeint. Was ist denn da drauf?"

„Der gesamte E-Mail-Verkehr von Forschungsdirektor Jones, dem Vorgesetzten von Thomas Bauer..."

Hauptkommissar Schwedt sagte darauf nur: „Den Stick haben Sie wahrscheinlich gefunden?" „Wenn Sie das sagen, dann wird es wohl so sein." Jetzt grinste Matthias Schwarz. „Wenn ich noch etwas erfahre, melde ich mich." Er drehte sich um und verließ das Büro.

'Da bin ja mal gespannt, was da drauf ist', dachte Hauptkommissar Schwedt. Er schob den Stick in den Laptop. Nachdem er einige der Nachrichten gelesen hatte, wurde ihm schnell klar, dass hier sämtliche Kontakte von Nanosearch zu anderen Laboren sowie zu Mitarbeitern in Militär und Politik mit Namen genannt wurden. Auch ging aus den Daten hervor, dass Roger Jones sehr wohl über die Operation „Nemesis" Bescheid wusste. Er hob den Kopf und dachte: 'Jetzt haben wir sie!' Eiligen Schrittes verließ er das Büro und veranlasste die Anfertigung eines Schreibens in englischer Sprache, wo er in Stichpunkten den bisherigen Ermittlungsstand zusammenfasste. Eine Kopie der Daten mit den bisher gesammelten Informationen mitsamt dem Schreiben schickte er mittels E-Mail direkt an das BKA, mit der Bitte, der US-Botschaft in Berlin sowie der FBI-Zentrale in Washington die Informationen schnellstens zu übermitteln. Er ließ sich telefonisch den Empfang der E- Mail bestätigen.

Inzwischen war es später Nachmittag geworden, als sich endlich die Gerichtsmedizin meldete. „Was haben Sie noch herausgefunden?" Erwartungsvoll lauschte der Hauptkommissar.

„Wir haben tatsächlich etwas in den Gewebeproben gefunden. Aber erst bei maximaler Vergrößerung des Rasterelektronenmikroskops. In Gewebeproben des Herzens fanden wir überall winzige, schwarze Körnchen, für die wir keine Erklärung haben."

„Wir schon!" Hauptkommissar Schwedt informierte den Gerichtsmediziner über seine Annahme: „Es handelt sich höchstwahrscheinlich um Nanopartikel. Ich würde Sie bitten, die Gewebeproben zu konservieren und danach sicher aufzubewahren."

„Das lässt sich einrichten. Wenn Sie mehr zu den Nanopartikeln herausfinden, wäre ich Ihnen sehr dankbar. Es würde meinen wissenschaftlichen Horizont erweitern." Hauptkommissar Schwedt versprach ihm, ihn über neue Erkenntnisse zu den Nanopartikeln zu informieren und legte dann auf. Das war möglicherweise der endgültige Beweis, auf den er gewartet hatte...

Epilog

Es war inzwischen fast eine Woche seit dem Versuch der Hacker, auf den Server der CIA zuzugreifen, vergangen. Major Simmons lehnte sich zufrieden in seinem Bürostuhl zurück. Seitdem hatte es keine weiteren Zwischenfälle dieser Art gegeben und die Operation „Nemesis" machte gute Fortschritte. Bisher war bei den eliminierten „Zielpersonen" nicht einmal wegen Mordes ermittelt worden. Die „Zielpersonen" hatten Autounfälle, sprangen von Hoteldächern, starben an Herzversagen, Schlaganfällen oder brachten sich einfach um. Er dachte noch: 'Wirklich eine fast perfekte Waffe, die wir dahaben. Und die Spuren dieser Waffe kann man nur finden, wenn man gezielt danach sucht.' Er schaute auf die Uhr und freute sich, dass er jetzt Feierabend hatte. Vielleicht sollte er heute mit seiner Frau und den beiden Kindern Essen gehen. Ihm war einfach danach, sich etwas Gutes zu gönnen. Er verließ das Dienstgebäude und ging zu seinem Fahrzeug. Gerade als er einsteigen wollte, traten zwei Männer an ihn heran: „Sind Sie Carl Simmons?"

„Wer will das wissen?", fragte er ungehalten.

„FBI! Sie sind festgenommen!"

„Wieso?"

Einer der FBI-Agenten belehrte ihn über seine Rechte und sagte dann: „Wegen Verbreitung illegal hergestellter Waffen, versuchten Mordes, Mordes und Veruntreuung von Forschungsgeldern und diverser weiterer Anklagepunkte."

„Wissen Sie eigentlich, wen Sie vor sich haben?"

„Das wissen wir ganz genau und nun kommen Sie mit!"

Am selben Tag erwischte es auch den Forschungsdirektor Jones, als er gerade das Gelände von Nanosearch verlassen wollte. Im Gegensatz zu Major Simmons wusste er sofort, dass die Männer, die auf ihn zugingen, vom FBI waren. Ihm wurde neben der Veruntreuung von Fördergeldern die Verschleierung und Deckung zahlreicher Straftaten vorgeworfen.

Mike Smith und Gus Tenner wurden vorläufig auf dem US-Stützpunkt in Deutschland, in den sie geflüchtet waren, interniert. Über ihren Verbleib ist nichts bekannt.

Selbst die großen Tageszeitungen der USA, aber auch in allen Ländern, in denen „Zielpersonen" der Operation „Nemesis" zu Tode gekommen waren, kamen in den Besitz von entsprechenden Informationen (Bernd Reinelt war sehr fleißig gewesen). Es gab nach Veröffentlichung der Informationen einen weltweiten Aufschrei der Empörung, so dass sich der amerikanische Präsident zu einer Stellungnahme genötigt sah. Auch der Kongress verlangte eine lückenlose Aufklärung und berief sofort einen Ausschuss zur Ermittlung in dieser Angelegenheit ein. Präsident Thompson versicherte auf einer eilig angesetzten Pressekonferenz den anwesenden Journalisten, dass die Täter zur Rechenschaft gezogen würden und alle Quellen für „Schattenforschung" trockengelegt würden. Die CIA, Drahtzieher der Operation „Nemesis", musste alle involvierten Dienststellen, Mitarbeiter und Hintermänner offenlegen.

Nanosearch wurde vorübergehend geschlossen, bis eine Übernahme durch den Staat gesichert war. Anschließend konnten die

Wissenschaftler ihre Forschung wiederaufnehmen und fokussierten sich nun auf die Einsatzmöglichkeiten von Nanopartikeln in der Medizin.

In den folgenden Jahren sollten aus diesem Institut zwei Nobelpreisträger hervorgehen und revolutionäre neue Therapieansätze zur Bekämpfung von Tumorerkrankungen entwickelt werden.

Bernd Reinelt, bisher unterbezahlter und unangepasster Redakteur bei den „Leipzig News", wurde der Posten als Chefredakteur bei einem renommierten wissenschaftlichen Magazin angeboten. Ohne zu zögern, nahm er das Angebot an. Er lebt heute in Berlin. In den zahlreichen Interviews, die er gab, betonte er stets, dass er seine Erfolge als Enthüllungsjournalist Thomas Bauer zu verdanken habe, den er als Kollegen sehr schätzt.

In Connewitz feierte die „Hacker"-Truppe um Katrin, Richard und Matthias tagelang ihren Erfolg. Einige Zeit später löste sich die Wohngemeinschaft auf, da die meisten ihr Studium beendeten und Stellen in verschiedenen Städten Deutschlands oder auch im Ausland annahmen bzw. angeboten bekamen. In der alternativen Szene von Leipzig genießen sie einen beinahe legendären Ruf.

Thomas Bauer, der aus seinem einigermaßen intakten Umfeld herausgerissen worden war und nun unter Polizeischutz stand, bekam eine neue Identität und arbeitet nun irgendwo in Deutschland für eine staatliche Einrichtung. Seinen Eltern wurde versichert, dass er eine sehr gut bezahlte Stelle habe. Mehrmals im Jahr treffen sich Thomas und seine Eltern an einem geheim gehaltenen Ort. Die Treffen werden vom Innenministerium organisiert. Er ist glücklich verheiratet sein und hat zwei Kinder. Er gilt als zuverlässiger, gewissenhafter und ehrlicher Mensch und ist bei seinen Kollegen und den Nachbarn in seiner Reihenhaussiedlung sehr beliebt.

Soweit, so gut?

Während in den USA und auch weltweit die Öffentlichkeit nach den Ereignissen im Juni 2033 langsam wieder zum normalen Tagesgeschehen überging, nahm man in Afrika wenig Notiz von den Vorgängen im Zusammenhang mit der Operation „Nemesis". Afrika war weiterhin ein von Konflikten zerrissener Kontinent, in dem um Rohstoffe und Einfluss gekämpft wurde. Hier hatten die Menschen auch im Jahr 2033 andere Sorgen. Abgesehen davon, dass man auf den Straßen seines Lebens, insbesondere nachts, nicht sicher sein konnte, stand der Kampf um das tägliche Überleben im Vordergrund. Für Politik interessierte sich demzufolge kaum jemand.

Alle Großmächte versuchten hier, mit allen Mitteln, Einfluss auf Politiker, Warlords oder Regierungen zu nehmen, um ihren Machtbereich zu sichern oder auszudehnen.

Auch in Ruanda, besonders im Grenzgebiet zu Burundi, sah es nicht anders aus. Die Spannungen zwischen Hutus und Tutsis hielten immer noch an. Im Grenzgebiet waren zudem weitere, umfangreiche Nickelvorkommen entdeckt worden.

Irgendwo dort befand sich auch das Hauptquartier eines Generals der Armee, der Ambitionen auf das Amt des Staatspräsidenten hatte. General Kanimba war der Ansicht, dass das Volk von Ruanda ein Anrecht auf alle Bodenschätze hatte und demokratisch entscheiden solle, was damit geschieht. Mit einem geeinten Volk wollte er Ruanda in eine bessere Zukunft führen. Weder durch Versprechen oder Drohungen konnte er bisher von dieser Utopie abgebracht werden. Er hatte schon eine beträchtliche Anzahl von Anhängern, und zwar in allen Volksgruppen, die ihn unterstützten. Nach einer kurzen Übergangsfrist unter der Herrschaft des Militärs wollte er die Macht einem gewählten Parlament übergeben. Als Sohn einer armen Bauernfamilie wusste er nur zu gut, was Armut und Hunger bedeuteten.

Neben General Kanimba und seinen Anhängern gab es weitere rivalisierende Rebellengruppen, die für sich das alleinige Recht auf Führung des Landes beanspruchten. Deswegen kam es auch immer wieder zu bewaffneten Konflikten. Auch dem wollte General Kanimba durch Verhandlungen ein Ende setzen.

Heute, am 1. Juli, wurde der Unabhängigkeitstag in Ruanda gefeiert. Aus diesem Anlass fand ein großes Bankett im Hauptquartier von General Kanimba statt. Er hatte wichtige Vertreter aus Politik, Wirtschaft und Militär eingeladen. Gegen 20:00 Uhr waren die meisten Gäste eingetroffen. General Kanimba hielt eine kurze Eröffnungsrede, in der er die Einheit des Volkes beschwor und versprach, nach seiner Wahl stets dem Volk von Ruanda zu dienen, auch wenn er die Wahl nicht gewinnen sollte. Am Rande des Festgeländes standen hinter den Absperrungen hunderte Anhänger des Generals, die ihm bei seiner Rede zujubelten. Man hatte Lautsprecher an den Bäumen rings um das Gelände angebracht, so dass alle die Rede mithören konnten. In der Menge vor den Absperrungen befand sich auch ein Mann, der als Pressefotograf einer großen inländischen Zeitung Aufnahmen von der Stimmung der Anhänger des Generals machte. Er hatte schon mit vielen Anhängern gesprochen. Alle, die er interviewt hatte, unterstützten begeistert General Kanimba sowie dessen Ansichten von einem neuen Ruanda. Bis weit nach Mitternacht feierten die Menschen hinter und vor den Absperrungen den Unabhängigkeitstag. Es war gegen 2:00 Uhr, als die letzten Gäste das Bankett verließen.

Der Pressefotograf wartete, bis alles ruhig war und griff dann zum Handy. Er wählte eine Nummer und sagte dann nur: „Es kann losgehen." Er entfernte sich etwa 100 m vom Festgelände und wartete. Eine Stunde später vernahm er ein leises Brummen. Jetzt wusste er, dass die angeforderte Drohne ihr Ziel erreicht hatte. Nun musste er nur noch schleunigst verschwinden.

Für den nächsten Tag war eine internationale Pressekonferenz angesetzt worden, auf der General Kanimba seine Vorstellungen für ein neues Ruanda den Journalisten darlegen wollte.

Als er am späteren Vormittag immer noch nicht sein Schlafzimmer verlassen hatte, klopfte dessen Leibwache an die Schlafzimmertür: „Mein General, die Pressekonferenz fängt in einer Stunde an!" Kein Geräusch war von drinnen zu hören. „Mein General?" Die Leibwache öffnete vorsichtig die Tür. Der General schien noch tief und fest zu schlafen. Die Leibwache rüttelte am Bett: „Bitte, mein General, es wird Zeit!" Da endlich begriff die Leibwache und schrie: „Einen Arzt, schnell!"

Der Militärarzt brauchte nur wenige Minuten, um vor Ort zu sein. Er sah sofort, dass der General tot war, und das wohl schon seit ein paar Stunden. Es gab keinerlei Kampfspuren. Auch die Leibwache hatte nichts Ungewöhnliches bemerkt.

Eine spätere Obduktion ergab, dass die Atmung des Generals offenbar plötzlich versagt hatte. Es konnten aber keine Giftstoffe oder Medikamente im Blut gefunden werden. Der plötzliche Tod des Generals war ein Rätsel für die Ärzte und auch für die Ermittlungsbehörden. Für den Toten wurde zwei Tage später ein Staatsbegräbnis ausgerichtet. Alle Anwesenden und auch die Menschen im Land begriffen in diesem Moment instinktiv, dass eine große Chance auf dauerhaften Frieden vertan war.

Die bewaffneten Konflikte würden weitergehen, selbst ein Bürgerkrieg schien wieder näher gerückt zu sein. Denn schon begannen sich Gruppen der Tutsi und Hutu gegenseitig für den Tod des Generals verantwortlich zu machen.

Der Pressefotograf hatte die offizielle Meldung des Todes von General Kanimba lächelnd zur Kenntnis genommen. Seine Arbeit hier war getan. Ihn erwartete eine fürstliche Belohnung.

Zwei Tage später wurde der vermeintliche Pressefotograf bei einem Überfall auf das Hotel, in dem er wohnte, zusammen mit 4 weiteren Hotelgästen erschossen.

Zeitfracht Medien GmbH
Ferdinand-Jühlke-Straße 7
99095 Erfurt, Deutschland
produktsicherheit@kolibri360.de